LO SCAFFALE D'ORO

ISBN 88-7926-496-6

www.edizioniel.com

Fiabe d'Italia

A cura di Lella Gandini

Riscritte da Roberto Piumini

Illustrazioni di Anna Curti

Einaudi Ragazzi

Fiabe d'Italia

Tredicino

Un marito morí, e lasciò la moglie con tredici figli da sfamare. La poveretta lavorava mattina e sera, ma molte volte mancavano pane e polenta per i suoi figlioli. Un giorno li chiamò e disse: – Ho fatto quello che potevo, ma sono invecchiata: siete voi adesso che mi dovete mantenere.

– Che cosa dobbiamo fare, mamma?

– Ecco a ciascuno una bisaccia, con dentro un po' di pane: andate a cercare fortuna.

Cosí i tredici si misero la bisaccia in spalla, e via, uno dietro l'altro. Cammina cammina arrivano al palazzo del re, e bussano, pieni di fame. Il re si affaccia, li guarda e dice: – Se volete mangiare, lo dovete meritare.

– E cosa dobbiamo fare, maestà?

– Nel bosco c'è un lupo mangia-cristiani: se qualcuno di voi gli ruba la coperta e me la porta, io darò a tutti da mangiare.

I ragazzini sospirarono, tranne l'ultimo, che si chiamava Tredicino, piccolo e magro e furbo, e disse: – Vado io dal lupo, maestà, però voglio una cosa.

– Armi?

– No: solo uno spillo lungo un braccio.

Il re glielo fece dare, e Tredicino con quello spillo andò nel bosco, arrivò alla capanna del lupo, si arrampicò sul tetto, e scese lungo la cappa del camino, e ci rimase nascosto fermo e zitto.

Dopo il tramonto tornò il lupo, e stanco andò a dormire: allora Tredicino, sporgendosi dalla cappa, con lo spillo cominciò a pungergli le zampe e il fondo della schiena: e il lupo si agitava, e si girava nel sonno, finché la coperta cadde per terra: Tredicino l'afferrò, e via di corsa su per la cappa del camino.

E bisogna sapere che il lupo aveva un pappagallo parlante, che rispondeva ad ogni domanda e contava le ore. Al mattino il lupo si sveglia, e chiede: – Che ore sono?

– Sono le cinque, e Tredicino te l'ha fatta!

– Tredicino? E chi è? E cosa mi ha fatto?

– Tredicino è un piccolo furbo, e stanotte ti ha rubato la coperta!

– Ah, se lo prendo ne faccio un boccone!

Intanto Tredicino era arrivato al palazzo. – Ecco la coperta, maestà: ora dai da mangiare a me e ai miei fratelli.

– Lo avrete, – disse il re, – ma se volete restare qui al mio castello, devi portarmi un'altra coperta del lupo: però attento, perché è tutta piena di campanelli.

– Dammi della bambagia e del filo, maestà, – chiese Tredicino, e il re gli fece portare quello che aveva chiesto.

Con bambagia e refe Tredicino tornò nel bosco, e poi sul tetto della casa del lupo, e giú per la cappa del camino: ma questa volta si nascose sotto il letto.

Al tramonto, ecco torna il lupo, stanco morto per le sue malefatte, e si sdraia e russa: allora Tredicino, piano piano, riempie di bambagia i campanelli della coperta, e col refe li lega in modo che non

suonino: poi prende la coperta e scappa per la solita via.

Alla mattina, il lupo disse: – Che ore sono?

– Sono le quattro, e Tredicino te l'ha fatta di nuovo!

– Ah, quel furfante! Se lo prendo, lo succhio come una fragola!

Intanto Tredicino era a palazzo. – Ecco la coperta con i campanelli, maestà. Sei contento?

– Lo sarò quando mi avrai portato una cosa che desidero moltissimo.

– Che cosa?

– Il pappagallo del lupo. Gli orologi del palazzo sbagliano sempre l'ora, mentre quell'uccello non sbaglia mai.

– Allora dammi un canestro di dolci, maestà, – disse Tredicino, e appena lo ebbe andò al bosco, entrò nella casa del lupo, e diede i dolci al pappagallo, che ne mangiò tanti da non potersi piú muovere: allora Tredicino lo mise nel sacco e lo portò al castello.

Ma il re non era soddisfatto. – Voglio ancora una cosa, Tredicino.

– Che cosa?

– Il lupo in persona.

– Ma il lupo è troppo pericoloso, maestà.

– O me lo porti, o t'impicco, – disse il re, che non voleva disobbedienza.

Tredicino era disperato. Il lupo lo avrebbe certo mangiato. Come avrebbero fatto i suoi dodici fratelli senza di lui? E come avrebbe fatto la vecchia mamma che li aspettava? Durante la notte pianse, e si addormentò con il bagnato delle lacrime sulle guance: però fece un sogno.

Al mattino, non piangeva piú. Andò dal re e disse: – Fammi dare un carretto, delle assi e una manciata di chiodi –. Poi, con quella roba, tornò nel bosco. Si fermò vicino alla porta, e cominciò a gridare: – Tredicino è morto! Tredicino è morto! – Il lupo, che dormiva ancora, perché non aveva piú il pappagallo che lo svegliava, a quegli strilli si svegliò di colpo, e andò alla finestra.

– Davvero è morto Tredicino? – disse. – Che bella notizia! E quando c'è il funerale?

– Appena gli avrò fatto la cassa, – disse Tredicino. – Ho il materiale, ma mi manca un aiutante.

– Faccio io l'aiutante! – disse il lupo. – Questo è un lavoro che mi piace molto!

E uscito, cominciò ad aiutare Tredicino che segava assi e piantava chiodi: e il lupo gli porgeva sega e martello, e raccoglieva i trucioli, e diceva: – Sbrigati, falegname, che dobbiamo fare il funerale!

Quando la cassa fu fatta, Tredicino disse: – Non so se la misura è giusta. E se l'avessi fatta troppo stretta, o troppo corta?

– Già, – disse il lupo. E Tredicino: – Per favore, aiutante, stenditi un momento dentro, per farmi fare la prova: Tredicino è solo un po' piú piccolo di te.

Il lupo si stese nella cassa, e Tredicino, svelto come il vento, chiuse il coperchio e lo inchiodò. E il lupo, dentro: – Allora, va bene? Adesso apri, che respiro male!

– E sempre peggio respirerai! – disse Tredicino. – Io sono Tredicino, e non sono morto, e ho messo nella bara chi mi voleva fare il funerale! – Poi caricò la cassa sul carretto e la portò al castello.

Il re, attraverso una fessura, guardò il lupo prigioniero e lo fece gettare in una prigione chiusa da sette porte e quindici chiavistelli: poi, siccome aveva dato la parola, fece riempire un sacco di monete d'oro e lo diede a Tredicino, dicendo: – Ora sei ricco, resta al mio castello, se vuoi, perché mi piacciono i coraggiosi come te!

Ma Tredicino disse grazie, si mise davanti ai

dodici fratelli, e riprese la via di casa. E pensate voi come fu contenta la mamma quando li vide tornare con quel sacco: da allora non mancò piú in quella casa né pane né polenta.

Il mostro dalle sette teste

C'erano una volta un fratello e una sorella che possedevano solo tre pecore. Un giorno il fratello era al pascolo, quando arrivò un gran vecchio con tre cani, e gli disse: – O barbafresca, perché perdi il tuo tempo dietro quelle tre bestie che poco ti danno? Se me le dai, ti do questi tre cani, che ti faranno ricco.

Il giovane disse: – Ma le tre pecore non sono solo mie: se vuoi prendine una, e lasciami in cambio un cane –. Cosí fecero, e il cane che rimase si chiamava Bacaferro. Quando la sorella seppe la cosa, si lamentò: ma il ragazzo tanto disse e fece, che il giorno dopo, quando il vecchione ripassò, gli cedette anche le altre due pecore, in cambio degli altri cani, che si chiamavano Bacaforte e Vacolvento.

– E adesso, testa di legname, che latte berremo? – disse la sorella, e lui rispose: – Vedrai che saremo ricchi –. E il giorno dopo, prima che lei si svegliasse, lui partí con le tre bestie, e cammina cammina, di fortuna non ne trovava né grande né piccola, e anzi stava a un certo punto per morire

di fame: ma i tre cani abbaiando si allontanarono, e tornarono stringendo in bocca pane e carne e formaggio, e lui poté mangiare.

Cosí riprese il cammino, finché arrivò a una città tutta coperta di stoffe nere.

– Cos'è questo funerale? – chiese il giovane dei tre cani a uno che passava. – Non lo sai? – disse quello. – In questa città c'è un mostro dalle sette teste, che ogni giorno si mangia una ragazza: e oggi tocca proprio alla figlia del re: è appena stata portata nel cortile dell'orco.

Il giovane, con i tre cani, andò al cortile, e vide la bella legata. – Sono qui per liberarti, – le disse. Ma ecco, lí dietro, dal buio di una caverna, sentí una voce grossa, che diceva: – Chi libera cosa, spicciolo? Avrò lei e avrò te: doppio boccone! – E venne fuori il mostro dalle sette teste, che era la cosa piú brutta vista da occhi umani: ma il giovane gridò: – Dai, Bacaferro! Dai, Bacaforte! Dai, Vacolvento! – I tre cani

corsero addosso al mostro, e con piú morsi che latrati lo fecero a pezzi.

Allora il giovane tagliò le sette lingue del morto, e le portò come prova alla principessa, e lei gli disse: – Bel salvatore, se lo vorrai, ti sposerò fra un anno e tre giorni.

– Va bene, tornerò, – lui disse, e partí per il mondo.

Intanto, però, la principessa incontrò un servo del re, e gli raccontò tutto: ma quello era un manigoldo, e le disse: – Devi dire al re che sono stato io a uccidere il mostro, se no ti ammazzo con questa mano –. Lei ebbe paura, e il servo fu creduto liberatore, e volle sposarla. Ma lei disse: – Mentre aspettavo la morte, ho fatto il voto che se mi salvavo non mi sposavo per un anno.

– Un anno è solo due manciate di mesi, – disse il servo. – Aspetterò, e poi ti sposerò.

Passa l'anno, e si preparano le nozze: la città è tutta parata a festa. Arriva, dalla porta d'Oriente, il giovanotto con i tre cani, e chiede a un passante: – Cos'è questa baldoria?

– Come, non lo sai? Domani si sposa la figlia del re!

– E come fa a sposarsi, se manca lo sposo? – dice lui.

– Ma lo sposo c'è: è il servo Taledeitali!

Allora il giovane capí che ci doveva essere qual-

che nodo di truffa, e disse ai cani: – Mio bel Bacaferro, mio buon Bacaforte, mio caro Viacolvento, andate al palazzo, e fate un po' di giusto scompiglio! – E i cani, via, si misero a correre attorno al palazzo abbaiando e latrando cosí forte, che tutti tremavano: e non c'era guardia o guardiano che li potesse acchiappare o spaventare. Il re, disperato, salí sulla torre piú alta e gridò: – Ma chi mi manda questa peste di cani?

Si fece avanti il giovane e disse: – Io! – E spiegò la sua ragione. Fu chiamata la principessa, e interrogata, e alla fine disse: – È proprio lui che mi ha salvata dal mostro! A lui mi sono promessa!

– E il servo? – chiese il re. E la figlia gli spiegò l'inganno. Allora il servo fu chiamato, e invece di prender moglie, in quel giorno perse la testa.

E invece si sposò chi doveva e voleva, e fu mandata a chiamare la sorella, che si godette con loro la bella faccia della fortuna.

Il pestello d'oro

Un contadino e la sua figliola, lavorando il campo, trovarono un pestello d'oro. – Lo porterò dal re, che è padrone del campo, – disse il contadino.

– Padre, non andare: vedrai che lui ti chiederà anche il mortaio, – disse la figlia. Però il contadino andò dal re, e gli portò il pestello. – Dov'è il mortaio che certo stava assieme al pestello? – gli chiese il re. E il contadino, scuotendo la testa: – Ah, me l'aveva detto, la mia figliola!

Il re si incuriosí, e gli chiese di spiegarsi, e il contadino gli spiegò quello che era capitato.

– E cosí tua figlia crede di sapere quello che penso io? – disse stizzito il re. – Allora portale questa matassa di lino, e dille che io voglio che ne faccia tanto filo da coprire tutto il mio regno!

Spaventato, il contadino tornò a casa, e disse alla figliola quello che il re voleva, e lei rispose: – Non temere, padre mio: ci saranno parole per quelle orecchie.

Il contadino non capiva, ma poco dopo la ragazza gli diede piú di cento spine, che aveva estratto dalla matassa di lino, e gli disse: – Va' dal re, e digli di fabbricare con queste cento telai, con i quali io tesserò il lino per coprire il suo regno.

Quando il re sentí la risposta si meravigliò di tanta furberia, e disse al contadino: – Di' alla tua figliola di venire da me né nuda né vestita, né a piedi né a cavallo, e passando né per l'uscio né per la porta.

Il contadino, piú abbattuto di prima, tornò dalla figlia con quella matta richiesta: ma lei gli disse: – Non temere, padre mio: ci saranno figure per quegli occhi –. E subito dopo la ragazza si spogliò, si vestí con una rete da pesca, si stese di traverso su una capra e andò alla reggia dalla parte del giardino.

Il re, visto come la ragazza se l'era cavata, l'ammirò tanto da volerla sposare: e la sposò. Ma dopo qualche mese, ecco venne alla reggia un guardiano del bestiame del re, e si lamentò con la regina perché il re dimenticava di pagarlo da troppo tempo.

– Cosí tu devi fare, – gli disse lei. – Vai sulla riva del mare, dove fra poco il re scenderà a passeggio, e quando lui sarà in vista, comincia a gettare sassi in acqua. E quando lui ti chiederà perché lo fai, tu rispondigli: «Perché cosí guadagno lo stesso che lavorando per il re!»

La cosa avvenne proprio come lei aveva detto, ma il re capí chi gli aveva preparato il tranello, e

mandò a dire alla regina che l'avrebbe scacciata, lasciandole portare con sé la cosa piú cara.

Allora lei, nell'ultimo pasto che fecero insieme, gli mise dell'oppio nella minestra, e lo fece addormentare: e poi lo fece portare, addormentato, nella casa del padre contadino.

Quando il re si svegliò, e si trovò in quella stamberga, disse forte: – Che succede? Cosa ci faccio qui? – E lei: – Tu m'hai permesso di portare con me la cosa piú cara: e io l'ho portata! – Allora il re, riconquistato da quell'anima fina, la baciò e la riportò al palazzo, dove fecero pranzi da ben masticare, ma a me niente vollero dare.

Cola Pesce

Viveva in riva al mare a Messina una donna, e con lei un figlio chiamato Cola che stava al largo dalla mattina alla sera, perché cosí gli piaceva. La madre chiamava, chiamava, ma lui non veniva, e a lei si torcevano le budella per la rabbia.

Un giorno che piú del solito lo aveva chiamato, e meno del solito lui aveva obbedito, la donna strillò furibonda: – Che tu possa farti pesce, Cola! – L'aveva detto appena, che Cola diventò mezzo pesce, con le dita palmate e le branchie alla gola: e non tornò piú a terra da allora, tanto che la madre morí disperata.

C'era chi lo chiamava Pescecola, chi Colapesce: dalla cinta in su era uomo, dalla cinta in giú era pesce, e stava dentro il mare per ore e ore, quanto gli piaceva, perché respirava proprio come i pesci. Passava la vita andando qua e là fra gli scogli, le grotte, le meraviglie del mare. Faceva l'amore con le sirene, e litigava con i pesci grossi del fondo. Dicono che fu lui a inventare la carta per navigare e la bussola, e che teneva lontani i mostri marini dalle barche dei pescatori. Se poi voleva fare lunghi viaggi, faceva cosí: si lasciava ingoiare, tutto intero, da un pesce di quelli enormi che incontrava, e nel suo ventre percorreva le mille miglia: poi, quando voleva uscire, usava il coltello, e tagliava la pancia al pesce. Cosí girò tutti i mari del mondo, e li esplorò, e alla fine tornò nel mare siciliano. Venne un giorno il re a Messina, e sentí parlare di quel mezzo pesce e mezzo uomo: lo fece chiamare, e andò al faro per vederlo: – Dicono che sai ben nuotare: è vero? – chiese il re.

– È vero, maestà.

– Allora riportami questa, – e il re gettò la spada nell'acqua scura. Cola sparí, e presto la riportò. Allora il re gettò un anello piccolo: ma Cola riportò anche quello. Re e regina erano meravigliati.

La regina, per metterlo alla prova, andò con la barca reale al Faro di Garofalo, lo chiamò e gli disse: – Guarda questa coppa d'oro: io la getto nell'acqua fonda, e se tu un'ora dopo la trovi, te la puoi tenere.

Dopo un'ora Cola si tuffò, e dopo due ore tornò su con la coppa in mano.

– Cosa hai visto sul fondo del mare? – chiese la regina, dopo avergliela regalata.

– Due grandi caverne, maestà, – rispose Cola Pesce. – Risucchiano l'acqua del mare e spariscono sotto il monte del faro.

Dopo qualche giorno, la regina fece chiamare Cola Pesce, e gli disse: – Ora getto questa coppa d'oro, piú grande dell'altra: se la vuoi, valla a prendere in fondo alle due caverne.

– Gettala, maestà, – disse Cola.

La regina gettò la coppa, e Cola Pesce sparí nel profondo: e dopo tre ore eccolo tornare su spaventatissimo, bianco smorto, con la coppa nelle mani tremanti. – Che hai visto laggiú, Cola Pesce?

– Mostri giganteschi, tremendi: chi ci capita in mezzo, non ritorna!

La regina, il giorno dopo, tornò al Faro, e chiese a Cola di scendere fino ai mostri. Lui non voleva, ma lei disse: – Se ci vai, oltre questa coppa piú grande delle altre due, ti darò in sposa la mia figliola –. Lui si tuffò, e tornò sanguinante dopo quattro ore: ma disse che ancora non aveva raggiunto il fondo delle caverne. Allora la regina disse: – Cosí non avrai in sposa la principessa!

Cola Pesce sparí nelle onde verdi, e nessuno lo rivide mai piú: ma è sicuro che non ci fu mai al mondo un nuotatore piú bravo di lui.

Il povero calzolaio

Un povero calzolaio aveva tre figlie femmine e una moglie, e cosí poco lavoro che un giorno decise di andare ad annegarsi nel fiume Belice: ma mentre stava per buttarsi in acqua, si avvicinò la Sorte e gli chiese: – Che stai facendo, uomo?

– Mi annego, perché sono pieno di sciagura.

– Ma no, non ti annegare: prendi questo temperino: quando sarai in giro a raccogliere erba, sotto ogni pugno d'erba che taglierai, troverai una moneta da due soldi.

Lui le credette, prese il temperino, e andò subito a tagliare erba: e davvero ogni volta trovava due soldi, ed era strafelice. – Trallallero, trallallicco, sono ricco! – cantava.

Passò vicino al convento, e i frati gli chiesero: – Compare Peppe, com'è che sei allegro? Di solito non ti bastano gli occhi per piangere! – E lui, di buon umore, entrò e raccontò tutto, e fece vedere il temperino. Allora i frati fecero consiglio e decisero: – Troppo fieno fa male al ciuco: quel temperino, prendiamolo noi! – Allora dissero al calzolaio: – Fermati a cena, – e gli dettero tanto da mangiare e da bere che non capiva piú dove fosse il cielo e dove la terra. Intanto loro presero dalla sacca il temperino e gliene misero uno uguale. Poi, lui tornò a casa, cantando: – Trallallero, trallallicchi, moglie cara, siamo ricchi!

– Che dici? Dove sei stato? Che hai fatto? – disse la moglie, e la figlia: – Stamattina papà è matto! – Lui allora disse: – Venite con me, che vi faccio vedere una meraviglia!

Lo seguirono nel campo, e lo guardarono strappare erba: ma di monete certo non ne trovò. E loro un po' ridevano, un po' gli dicevano malegrazie, e lui si disperò tanto che decise di morire annegato, e tornò al fiume. Ma là trovò ancora la Sorte, che disse:

– Che fai?

– Mi annego!

– Ma no, che io ti voglio aiutare: prendi questo asino: ogni bastonata che gli dai, lui ti farà da dietro un mucchietto di denari.

Il calzolaio prese l'asino, e gli diede una bastonata: e da dietro cadde moneta. Altre bastonate, altre monete. Peppe era allegro come uccellin all'alba, e passò cantando al convento.

– Che canti, Peppe? – gli chiese il frate guardiano, e lui raccontò ogni cosa, e fece vedere cosa cadeva per terra se si bastonava la bestia. Allora i frati fecero consiglio, e dissero: – Quell'asino starà meglio nella nostra stalla, – e invitarono Peppe a

cena, e lui accettò. Mangiò e bevve, tanto che non sapeva dove aveva la testa e dove i piedi, e intanto i monaci cambiavano l'asino con un altro. Poi Peppe tornò a casa, molto allegramente.

– Moglie, siamo ricchi! – gridava. – Eh, l'abbiamo già sentito! – rispose la moglie. – Moglie, stendi a terra le lenzuola belle, che te le riempio d'oro! – La moglie non voleva, ma lui lo ripeteva, e cosí furono stese le belle lenzuola, e sopra ci andò l'asino. Peppe prese a bastonarlo, finché la povera bestia mollò tutto quello che aveva in pancia, e che non era oro né per il colore né per l'odore. Allora moglie e figlia presero a bastonate il calzolaio, tanto che lui scappò al fiume per annegarsi.

– Che fai, qui di nuovo? – gli chiese la Sorte. – Basta, mi annego! Non voglio piú niente! – lui gridava. Ma la Sorte gli disse: – Dammi retta la terza volta, che è quella buona: prendi questo sacco, che contiene quattro bastoni, portali al convento, dove certo si tengono la buona roba, e di' ai frati: «O mi date temperino e asino cacasoldi, o vi faccio la testa come un pancotto», e se non te li danno, tu di': «Quattro di bastoni, alla guerra!», e per far smettere, di': «Quattro di bastoni, nel sacco!».

Il calzolaio andò al convento. – Datemi il temperino e l'asino cacasoldi! – disse, ma i monaci ridevano e parlavano in latino. Allora il calzolaio disse: – Quattro di bastoni, alla guerra! – e dal sacco uscirono quattro bastoni robusti, che cominciarono a picchiare i frati davanti e didietro, e quelli scappavano di qua e di là, ma i bastoni volavano e

continuavano a bastonare. – Basta! Basta! Ti daremo quello che abbiamo preso! – gridarono i frati, e il calzolaio disse: – Quattro di bastoni, nel sacco! – I quattro bastoni tornarono nel sacco come serpenti nella tana.

I frati restituirono il rubato, e il calzolaio andò a casa, e gridò: – Stendi il lenzuolo, che questa volta piove l'oro! – La moglie non voleva, ma lui disse: – Stendi il lenzuolo, se no sono bastonate! – e lei lo stese: e questa volta l'asino sparse ricchezza. E moglie e figlia ballavano di gioia attorno, e dicevano: – Marito, come sei bello! Papà, mio bel tesoro! – e fecero una festa di tanti giorni, con tutte le bontà: e invece a noi nessuno ne dà.

Pietro il fattore

C'era una volta il garzone di un fattore: a forza di risparmi si comperò dodici pecore. Ma la fatica ammazza, e il garzone morí, lasciando le pecore al suo figliolo, di nome Pietro. Anche il ragazzo, come il padre, lavorava nelle stalle del fattore. Un giorno questo fattore, che non aveva altre distrazioni che gli scacchi, gli disse: – Pietro, giochiamoci a scacchi una pecora.

– Ma le mie pecore sono già tue, padrone, – disse Pietro. – Su, giochiamo per giocare! – E allora si fece la partita, e vinse Pietro.

Il padrone disse: – Facciamo un'altra partita, per due pecore –. E Pietro vinse anche la seconda partita. – Giochiamoci quattro pecore, – e Pietro vinse. – Giochiamoci otto pecore, – e Pietro vinse anche quelle. – Giochiamone sedici, – e Pietro sempre vinceva: alla fine della notte, Pietro aveva vinto tutte le pecore e le capre del padrone.

– Giochiamoci il raccolto di domani, – disse il padrone, ma Pietro rispose: – Padrone, io sono solo un ragazzo... – E il padrone disse: – Figliolo, l'anima a Dio, la roba a chi la merita: giochiamo.

La sera dopo, guarda come punge il diavolo, il padrone richiamò Pietro: – Facciamo un'altra partita: io gioco una vacca e tu otto pecore –. Giocarono, e vinse Pietro. – Giochiamoci due vacche –. Pietro disse: – Padrone, apri gli occhi: questo è solo un gioco –. Ma il padrone rispose: – Gli angeli volano e cantano, gli uomini si scambiano la roba: su, giochiamo! – Giocarono, e vinse Pietro. E alla mattina, per farla breve, Pietro aveva vinto tutte le vacche del padrone, e la sera dopo, pensa come il diavolo ha la coda lunga, Pietro vinse tutti i muli, i cavalli e le giumente.

– Ora voglio giocarmi tutta la terra, – disse il padrone.

– Ma no, che è solo un gioco.

– Ragazzo, i santi pregano in cielo, gli uomini giocano in terra! – E giocarono tre partite: chi ne vinceva due vinceva tutto. E Pietro vinse la prima, e vinse la seconda: e la terza non occorreva giocarla. Il vecchio disse: – Ecco, non ho piú niente. Mi prendi per tuo garzone, padron Pietro?

– Sí, se ti accontenti, – gli rispose Pietro.

E cosí fecero. Il vecchio, che era buon fattore,

scendeva a Palermo a comperare il necessario per la fattoria, e un giorno vide attaccato al muro un avviso, che diceva: «La figlia del re di Spagna si vuole maritare: ma solo con quello che la batterà a scacchi». Il vecchio frustò il somarello su per la collina, e portò la notizia a Pietro. E Pietro non ne voleva sapere, ma il vecchio gli disse: – Va', Pietro, che tu vinci di sicuro!

Allora Pietro, vestito da contadino, scese a Palermo, e andò da un argentiere, e si fece costrui-

re una scacchiera d'oro e d'argento, e anche i pezzi erano d'argento e d'oro. Quando fu pronta, si fece fare un passaporto e partí per Napoli. Quando arrivò a Napoli, dopo aver mangiato, si stese in campagna sotto un fico a riposare. Mentre dormiva, passarono tre fate.

– Guardate che bel giovane!

– Pelle bianca come la panna!

– Come dorme bene: sembra sulle piume!

E gli giravano attorno tutte piene di gioia e d'ammirazione. Alla fine, dissero: – Noi ce lo siamo ben guardato: dobbiamo lasciargli un dono! – La prima gli lasciò vicino una borsa: tutte le volte che la si apriva, era piena di denari. La seconda gli lasciò una tovaglia: ogni volta che era aperta e stesa, si copriva di cibo per tutte le persone presenti. La terza gli lasciò un violino, che faceva ballare anche chi non voleva ballare.

Pietro si svegliò, e disse: – Che strano sogno: c'erano tre fate, e una mi dava una borsa, una una tovaglia, e una un violino...

Si volta, ed eccoli lí. Allora fece una prova: prese la tovaglia e la stese: ed ecco carne, costate, salsicce, dolci e frutta: un piatto andava, l'altro veniva: e lui mangiò e mangiò, finché ebbe la pancia come una zampogna.

Poi si mise tutto in spalla, e cammina cammina, arrivò a un punto dove partivano due strade, e lui non sapeva da che parte andare. C'era lí un guardiaporci, con una ventina di maiali a pascolare. – Amico, da che parte si va per la Spagna? – gli chiese Pietro. E quello, sgarbato: – Io penso ai miei porci, e non regalo parole!

Pietro, arrabbiato, prese il violino, e zin zin zin, si mise a suonare: e quello, con tutti i porci attorno, ballò tanto che quasi moriva. – Basta! Basta, compare, per carità! La strada per la Spagna è quella!

Pietro smise di suonare, e cammina cammina, eccolo in Spagna, e si mise a girare la città per trovare il palazzo del re: e quando lo ebbe trovato si avvicinò alla sentinella del portone. – Che vuoi? – disse quella. – Entrare nel palazzo per giocare a scacchi con la figlia del re! – rispose Pietro. – Ma vattene, villano! – disse la guardia.

Allora Pietro si mise a gridare le sue ragioni, e che c'era un bando che diceva cosí e cosí, e fece tanti strilli che quelli del palazzo si affacciarono.
– Che c'è?

– Un bifolco, che vuole entrare!

– E perché vuole entrare?

– Per giocare a scacchi con la principessa!

– Fallo passare, che il bando è per tutti!

Pietro salí, e il re lo ricevette. Poi venne la principessa con la sua scacchiera: lo guardò e disse:
– Avanti, che mi levo il pensiero.

Ma Pietro prese la scacchiera di legno della principessa, e la gettò dalla finestra: poi tirò fuori la sua d'oro e d'argento. La principessa pensava: «Questo non è villano come sembra».

Si divisero i pezzi: quelli d'oro per lei, quelli d'argento per lui, e si misero a giocare e a rigiocare, e Pietro stava vincendo di fino: allora lei, con la mano sinistra, gli diede un pizzicotto nel sedere: lui si voltò per vedere chi pungeva, e lei con la destra cambiò posto a un pezzo di Pietro: cosí vinse la partita.

– Hai perso! Portatelo in prigione! – disse la principessa: e Pietro fu portato in prigione, dove trovò ventiquattro figli di re, che avevano perso agli scacchi, piú altre decine di principi. E appena lo videro entrare, cominciarono a prenderlo in giro per i suoi abiti e i suoi capelli, per le sue scarpe e le sue mani. E lui: – Buoni, signori miei, o vi faccio ballare! – Quelli non lo ascoltavano; e lui prese il violino, e zin zin zin, tutti ballavano da perdere il fiato.

– Basta! Basta! Smettila, buon compare! Basta!

Quando furono ben cotti, lui smise di suonare, e loro, preso fiato, diventarono suoi buoni amici, e tutti insieme si raccontarono le storie, e si faceva un gran ridere e scherzare.

– Cos'è questo schiamazzo? – chiese la figlia del re.

– Da quando il villano è in carcere, laggiú è scoppiata l'allegria! – risposero le guardie.

– Ah sí? Allora, non portate piú niente da mangiare!

E cosí fu. Le pance dei prigionieri cominciarono a brontolare, e le bocche ancora di piú.

– Facciamo un gioco, – disse Pietro.

– Che gioco?

– Una conta: e a chi tocca, dovrà far venire cibo di bontà per tutti quanti!

– Che gioco strano: ma facciamolo, tanto per distrarci! – dissero i principi.

Pietro contò, e guarda caso, alla fine toccò a lui: allora disse: – Signori, facciamo come ai banchetti: sedetevi al tavolo, e aspettate –. Quelli, un po' ridendo un po' no, si misero al tavolo, che era piú liscio del mare di luglio.

Allora Pietro tirò fuori la tovaglia, la stese: e subito apparvero caciotte per trenta, ricotte per quaranta, zucchine fritte, cetrioli, carne, vino, pane, persino gelato con caffè: e quelli non credevano con gli occhi, ma con le bocche mangiavano, e ce ne fu anche per le guardie, che poi, siccome gli sbirri sono sbirri, andarono a raccontare tutto al re e alla figliola.

– Portatemi qui il villano, – disse la principessa, e quando lui fu lí, gli chiese: – Come hai fatto a fare quel banchetto, giú in prigione? – E lui: – Perché ho una tovaglia cosí e cosí... – E lei: – Giochiamocela a scacchi: se vinco me la dai, se vinci mi sposi.

Cominciò la partita e Pietro vinceva: ma lei gli diede un pizzicotto con la mano sinistra, e mentre si voltava, lei spostò un pezzo, e vinse. Pietro fu riportato in prigione, e i suoi amici: – Ah, ti sei fatto imbrogliare ancora!

– È stato un pizzicotto: ma adesso divertiamoci, e poi vedremo.

E ricominciarono: feste da ballo, musica, giochi.

– Cos'è questo baccano? – chiese la principessa.

– Sono i prigionieri: gente piú allegra, al mondo

non ce n'è! – le risposero. – Hanno un violino che fa ballare!

– Ah, portate qui il villano! – e quando lo ebbe, gli disse: – Con cosa fate festa, là sotto?

– Col mio violino e la borsa dei denari –. E lei: – Giochiamoceli tutti e due: se vinco li prendo, se vinci tu, mi sposi.

E fecero la partita, e Pietro fece in modo che lei restasse con un pezzo solo. Poi, quando lei mise la mano sotto per dargli il pizzico, lui gliela prese e la tenne sulla scacchiera, e disse: – Gioca –. Lei strillava, ma il re, che era lí a guardare, disse: – Figlia mia, ben ti sta: gioca come devi giocare! – Lei giocò e perse: e furono preparate le nozze.

Pietro scrisse al vecchio fattore: «Compare, ho vinto a scacchi la figlia del re: state in pace, e padrone dei miei beni, perché io non ne ho piú bisogno».

Poi fece liberare i principi delle prigioni, e si fecero le nozze, e tutti ballarono e si divertirono come ebbero voglia: e a me diedero da mangiare una foglia.

Le figlie del raccoglitore di cavoli

Zio Peppe, raccoglitore di cavoli, aveva tre figlie filatrici. Quando il padre morí, le ragazze restarono sole, e chiacchieravano ad alta voce. Passava di lí il re, e si mise ad ascoltare: sentí la maggiore che diceva: – Se io fossi moglie del Vivandiere del re, con un bicchier d'acqua darei da bere a tutta la corte, e ne resterebbe ancora! – E la seconda ragazza diceva: – Se fossi moglie del Conservatore del re, io con un rotolo di panno vestirei tutta la servitú, e ne resterebbe ancora –. E la piú piccola diceva: – Se io fossi moglie del re, gli farei tre bambini: due maschi con un pomo in mano e una femmina con una stella in fronte.

Il re, la mattina dopo, le fece chiamare tutte e tre a palazzo: ed erano molto impaurite. Ma lui disse: – Cosa dicevate, ieri sera, a casa vostra? – E la grande disse la faccenda dell'acqua. Il re disse: – Portate un bicchiere d'acqua! – Lo portarono, e lei diede da bere a tutti, e ancora ne rimaneva. – Brava! Sposerai il Vivandiere di corte! – disse il re. Poi chiese alla seconda: – E tu, cosa dicevi? – Lei ripeté la faccenda della stoffa. – Portate un rotolo di stoffa! – ordinò il re, e lei tagliò vestiti per tutta la servitú, e ne rimase ancora. – Brava! Sposati il Conservatore! – disse il re.

Toccava alla piú giovane. – Tu, che dicevi?

– Maestà, che se io fossi moglie tua, ti farei due figli maschi con un pomo in mano, e una femmina con la stella in fronte.

– Se sarà vero, sarai regina: se non sarà vero, morirai, – disse il re, e la sposò.

Passarono pochi giorni, e le due sorelle grandi dicevano: – Come? Lei regina, e noi serve! – E covavano l'odio sotto la pelle.

Passarono pochi mesi, e la moglie del re rimase incinta: ma due mesi prima del parto scoppiò una guerra, e il re dovette partire. Chiamò un uomo fidato, e disse: – Quando mia moglie partorirà, se sono maschi col pomo in mano e femmina con la stella in fronte, trattatela da regina: se non sono quelli, avvertitemi, e io vi dirò che fare.

Partí il re, e venne il tempo di partorire. Le sorelle, invidiose piú che mai, pagarono la levatrice, e le dissero di nascondere i bambini, e mettere al loro posto tre cagnolini. Quando la moglie del re partorí, e fece due maschi con il pomo in mano e una femmina con la stella in fronte, la levatrice li nascose, e mise i cagnolini. E l'uomo fidato mandò la notizia al re, che rispose: – Trattatela bene per quindici giorni, poi mettetela a far girare la macina.

Intanto la levatrice, coi tre piccolini, andò in campagna e li lasciò abbandonati a morire: ma passarono tre fate, li videro, li ammirarono, si rallegrarono. – Voglio fare un dono a questi tesori, – disse una: e fece venire una cerva ad allattarli. – E io lascio qui una borsa che, quante volte l'apri, sempre denaro scopri –. E la terza disse: – Io lascio un anello che, se a uno dei tre capiterà disgrazia, cambierà colore.

La cerva allattò e protesse i piccolini, che creb-

bero robusti. Quando furono grandicelli, dissero alla cerva: – Siamo cresciuti, lasciaci andare in città –. E lei rispose: – Andate, e mettetevi in una casa di fronte a quella del re –. Cosí andarono in città: denaro ne avevano, presero in affitto una casa bellissima, proprio di fronte alla reggia: e tenevano cavalli, carrozze, bellezze, come principi veri.

Le zie, appena li videro sani e ricchi, li riconobbero, e chiamarono la levatrice, mezza strega, e le dissero: – Tu, invece di ammazzarli, li hai lasciati crescere: e guarda in che lusso. Tocca a te fare qualcosa, o perdi la testa!

La vecchiaccia si mise a spiare i tre giovani, e quando vide che i fratelli erano usciti, andò alla casa, e bussò, e disse alla ragazza: – Bel fiore! Come sei bella! E sei contenta, vero? Ma se vuoi essere davvero felice, dovresti farti portare dai tuoi fratelli l'acqua che balla! – E se ne andò.

Quando tornò un fratello, la ragazza cominciò: – Se tu mi volessi bene, andresti a prendermi l'acqua che balla!

– Ci vado subito, sorellina, – rispose il fratello, e partí dopo un'ora a cavallo. Poco dopo incontrò un eremita, che gli domandò: – Dove vai, cavaliere?

– A cercare l'acqua che balla.

– Allora vai alla morte: ma vai avanti, che ce n'è uno piú vecchio di me! – Il giovane andò, ed ecco un eremita dalla barba bianca. – Dove vai, cavaliere?

– A cercare l'acqua che balla.

– Ah, tu vai alla morte! Ma ascolta, se proprio vuoi andare: vedi quella montagna? Sali in cima, e troverai un gran prato, e in mezzo al prato una casa con un portone bello: davanti al portone stanno quattro giganti con le spade in mano: attento allora! Se hanno gli occhi chiusi, non passare: quando li hanno aperti, tu passa. Il portone, se è aperto, non entrare: se è chiuso, spingilo e entra. Poi ci sono tre leoni: se dormono, non passare, se sono svegli, passa: dentro troverai l'acqua che balla.

Il ragazzo salutò il vecchio, e spinse il cavallo verso la montagna: intanto la sorella, a casa, guardava l'anello, e siccome l'anello non cambiava colore, era tranquilla.

Il cavaliere fu in cima al monte: vide il prato e la casa e i quattro giganti. Avevano gli occhi chiusi, e il portone era aperto: ma lui ricordò il consiglio, e non si mosse. Quando i giganti aprirono gli occhi e il portone si chiu-

se, lui spinse ed entrò. Ecco i leoni: dormivano. Lui rimase fermo. Si svegliarono, e lui passò. E finalmente vide l'acqua che balla, e ne riempí tre bottiglie. Poi, sempre attento agli occhi aperti e chiusi, tornò fuori, e cavalcò e cavalcò, finché arrivò a casa. Abbracciò e baciò la sorella, poi presero due boccali d'oro e ci misero l'acqua che balla: e l'acqua saltava allegra da un boccale all'altro.

Le zie, da lontano, videro tutto. – Ah come ha fatto quello a prendere l'acqua incantata? – Chiamano la vecchiaccia e la minacciano di brutta morte se non mette rimedio. Lei, allora, torna dalla ragazza, con questa cantilena:

– Oh, vedi com'è bella l'acqua che balla? Ma ora, per essere felice davvero, ci vuole il pomo che suona! – E gettato quel seme, se ne va.

Quando arrivò il secondo fratello, la ragazza disse: – Se mi vuoi bene, portami il pomo che suona!

– Sorellina, vado e te lo porto! – E il giovanotto montò a cavallo, e partí: ed ecco che incontrò quel primo eremita. – Dove vai, cavaliere?

– A cercare il pomo che suona.

– Allora cerchi guai: ma piú avanti ce n'è uno piú vecchio di me –. E quando il giovane incontrò quello: – Dove vai cavaliere?

– A cercare il pomo che suona.

– È pericoloso: ma fai quello che dico. Sali su quella montagna, attento ai giganti, al portone e ai leoni: quando troverai una porticina, ci sarà anche

una forbicina. Se la forbice è aperta, passa: ma se è chiusa, non passare!

Il cavaliere andò sulla montagna, fu attento ai giganti, al portone e ai leoni, e trovò la porticina, e vide la forbicina: era chiusa, non passò: quando si aprí, lui passò: ed ecco un giardino di meraviglia, e un albero bellissimo, con un solo pomo in cima, splendente. Salí svelto, prese il pomo, scese, montò a cavallo, e via, in poco tempo arrivò a casa: e quel pomo faceva un suono che era una delizia, e si sentiva oltre sette muri.

Le zie, sentendo, morivano di rabbia. Chiamarono la brutta vecchia, e le dissero: – Questa volta, o fai, o muori! – E lei spiò, e quando i due fratelli non furono a casa, andò a visitare la ragazza. – Che bella l'acqua che balla! Che bello il suono del pomo! Ma se non hai l'uccello parlante, che felicità è?

Quella sera, quando tornò il fratello, disse la ragazza: – Vediamo se mi vuoi bene davvero: vammi a prendere l'uccello parlante!

– Vado, sorellina! – Il giovane montò in sella, e partí. Ecco il primo eremita. – Dove vai, cavaliere?

– A cercare l'uccello parlante.

– Finirai male: ma piú avanti ce n'è uno piú vecchio di me –. Ecco l'altro eremita: – Dove vai, cavaliere?

– A cercare l'uccello parlante.

– Ascolta: sali su quella montagna, entra nel palazzo: troverai molte statue, e poi un giardino, e nel mezzo una bella vasca: sopra la vasca c'è l'uccello parlante. Se ti dice qualcosa, tu non rispondere: invece staccagli una piuma, bagnala nell'acqua della fontana e passala sulle statue. Questo è quello che devi fare: ma sta' attento, o non potrai piú tornare!

Il giovane andò, passò, trovò il giardino, le statue e la fontana: ed ecco l'uccello, che gli disse: – Cavaliere, perché sei qui? Cerchi me? Ma non lo sai che le tue zie ti hanno mandato a morte, e che tua madre è alla macina?

– Cosa, mia madre alla macina? – disse il giovane: e subito diventò una statua come quelle del giardino.

Intanto, a casa, la sorella guardava l'anello; e vide che la pietra diventava grigia. – Ah! – disse, e mandò a chiamare l'altro fratello, e lo mandò alla ricerca dell'uccello. Il fratello partí, e incontrò il primo eremita, il secondo, e salí il monte, entrò nel palazzo, trovò il giardino, le statue, la fontana, e l'uccello, che gli disse: – Non vedi dove è finito tuo fratello? E sai che tua madre è alla macina?

– Mia madre alla macina? – disse il giovanotto: e subito divenne statua anche lui: e a casa la pietra dell'anello si fece tutta nera.

– Ah! – disse la ragazza, e si travestí da giovanotto, e partí. E incontrò il primo eremita, e poi il secondo, che le diede gli avvertimenti. Allora lei salí il monte, trovò il palazzo, entrò: eccola nel giardino, vede le statue, e la fontana, e l'uccello che dice: – Eccoti qua! I tuoi fratelli son rimasti di sasso: lo sai o non lo sai che tua madre è alla macina? – Ma la ragazza non disse niente, e lo lasciava parlare. E lui parla e canta, parla e canta, alla fine cadde per terra: lei lo acchiappò, gli staccò una penna delle ali, la bagnò nell'acqua della fontana, e passò la penna sulla statua dei fratelli, che tornarono vivi: e poi fece lo stesso con le altre statue: e signori, cavalli, leoni, tutti ripresero vita, e le fecero grande festa. Poi se ne andarono: e appena furono usciti il palazzo sparí.

Tornati in città, fecero fare una catena d'oro per tenere l'uccello: e le zie, dalla finestra di fronte, vedendolo dicevano: – Ahi, l'hanno preso! – e si strappavano i capelli per il dispiacere.

Intanto, l'uccello disse: – Padroncina!

– Che vuoi, uccello?

– Chiama i tuoi fratelli!

– Eccoci, uccello. Che dobbiamo fare?

– Fate una carrozza piú elegante di quella del re. E poi altre ventiquattro carrozze, con cocchieri meglio vestiti di quelli del re –. Lo fecero: e vedendo quel ben degli occhi, le zie ingoiavano fiele.

Tornò il re dalla guerra: e quelle gli raccontarono le loro bugie sulla moglie e sui figli. Lui si affacciò, e vide quel gran palazzo. – Chi abita laggiú?

– Nessuno ci sta! – Ma lui volle andare: ed ecco vide i due ragazzi con il pomo in mano, e la ragazza con la stella in fronte, e pensava: «Ah, se non sapessi che mia moglie ha partorito dei cagnolini, direi che sono questi i miei figlioli!» E passeggiando passeggiando, si trovò vicino all'uccello. Quello gli disse: – Allora, maestà?

– Allora, uccello parlante, mi sembra che qui ci siano delle meraviglie!

– E ce ne sono di piú grandi ancora maestà! – diceva, e l'uccello chiamò i tre fratelli e disse loro: – Questo è il re: che ne dite di invitarlo a pranzo domenica?

– Certo: verrai, maestà?

– Ma sí, verrò.

E la domenica il re venne a pranzo a casa dei tre fratelli, e le cose che vide, e le ricchezze che aveva intorno, non le aveva mai viste da nessuna parte. Poi si misero a tavola, e tutti parlavano e scherzavano, tranne l'uccello.

– Perché non parli, oggi? – chiese il re.

– Maestà, sono malato. Ma verrò a pranzo da te domenica prossima, insieme ai miei padroni: vuoi?

– Certo che voglio! – disse il re, e la domenica

dopo, la ragazza e i fratelli, eleganti come il sole, andarono al palazzo del re: e le zie stavano nascoste a rosicchiarsi le dita. All'ora del pranzo, il re disse: – Uccello, oggi parlerai? – E l'uccello si mise a cantare, e raccontò tutto quello che era avvenuto da quando lui era andato alla guerra, e cosí finí: – Questi sono dunque i tuoi figli, e tua moglie è alla macina, e sta morendo.

Il re abbracciò i figli e scese alla macina, dove la moglie, ormai pelle e ossa, stava morendo. Si inginocchiò e le chiese perdono, e la fece liberare. Poi chiamò le cognate e la vecchia levatrice, e chiese all'uccello: – Uccello, tu che sai, dimmi la sentenza!

– La vecchia, giú dalla torre: le cognate, nell'olio bollente! – disse l'uccello, e cosí fu fatto: e gli altri si abbracciavano e baciavano, e l'uccello volò via. E ci fu una festa cosí grande, che si sentiva in tutto il mondo: a me diedero solo un rapanello tondo.

Il regalo del vento tramontano

Il contadino Geppone lavorava nel podere di un priore, ma la sua parte di terra era dove tirava il vento tramontano, che gli rovinava i raccolti, trinciava piante, frutti e ogni ben di Dio: cosí lui e la famiglia arrivarono alla fame. Allora Geppone pensò di andare dal vento a chiedergli di smettere di soffiare cosí forte. Cammina cammina, arrivò alla casa del vento, e bussò. Venne ad aprire la moglie: – Chi sei?

– Sono Geppone contadino, e vorrei parlare col signor vento.

– Mi spiace, è andato a soffiare tra i faggi: ma presto torna. Entra un po' in casa ad aspettare.

Geppone entrò, e dopo un po' tornò il vento: e figurati che scompiglio, tutto volava, tende e tovaglie, una bufera in casa.

– Scusi, signor vento, – disse Geppone. – Io sono contadino e lei tutti gli anni soffia troppo forte sui miei campi, e mi rovina il raccolto. Non può soffiare un po' meno, o anche smettere del tutto?

Il vento disse, col suo vocione: – Geppone, aspetta un po'.

Andò in un'altra stanza e tornò con una scatolina d'argento, e disse: – Quando avrai fame, aprila piano piano, e quel che desideri ti apparirà.

Geppone prese la scatolina, ringraziò, s'inchinò, e se ne andò tutto contento. Per strada pensò: «Chissà se funziona davvero». Appoggiò la scatolina per terra e: «Cosa potrei ordinare? Un fiaschetto di vino, un bel formaggio, un paio di pagnotte... vediamo!» Piano piano alzò il coperchio ed ecco saltare fuori pane, formaggio e vino, e Geppone mangiò e bevve, poi corse a casa, e sua moglie Rosina gli domandò: – Com'è andata, Geppone?

– Non lo puoi neanche immaginare! Chiama i figlioli! Ecco, mettiamoci a tavola: cosa vorreste mangiare?

E la moglie e i figli: – Maccheroni col sugo, e della carne come quella che non mangiamo neanche a Natale, e un dolce, magari un berlingozzo...

– Va bene, guardate! – e Geppone piano piano aprí la scatolina, ed ecco saltar fuori piatti fumanti di maccheroni, e braciole e fette di berlingozzo. E tutti mangiarono, e anche il giorno dopo, e quello dopo ancora, e se la ridevano, contenti matti.

Il priore si accorse di qualcosa: Geppone era ingrassato, non lavorava la terra... Cosí chiamò la Rosina, perché sapeva che le parole le scappavano fuori dalla bocca.

– O Rosina, che succede? Qualcosa è successo, che vi vedo tutti belli grassi e ridanciani... Mi piacerebbe sapere.

Lei cercò di non parlare, ma non ci riuscí, e spifferò tutto.

– Rosina, io sono il padrone, – disse il priore. – La scatolina tocca a me!

– Ma Geppone mi ammazza, se io vi do la scatolina! E poi, se ce l'avete voi, noi moriremo di fame!

– Ma io vi darò la mia parte di raccolto, cosí avrete da mangiare e da bere.

Con questa promessa Rosina andò, prese la scatolina e la portò al priore: ma il priore non mantenne la promessa, e si tenne la scatola e il raccolto, e Geppone con i suoi stavano con la fame nera.

– Che hai fatto, disgraziata? – diceva il contadino alla moglie. – Ora come faremo?

Lei piangeva, e rispose: – Perché non torni dal vento a chiedere se ci può aiutare?

– Dal vento tornaci tu, se hai coraggio!

– Ma io il coraggio non ce l'ho, e tu invece sí, via, su, Geppone, Gepponcino...

E Rosina tanto disse che Geppone tornò dal vento, e bussò: – Chi è? – disse la moglie del vento.

– Sono Geppone... Dovrei parlare col signor vento un'altra volta!

– Entra, entra ad aspettare.

Arrivò il vento: un freddo da battere i denti.

– Che vuoi da me, Geppone?

E Geppone gli raccontò tutto, e il vento andò a prendere una scatola d'oro grande il doppio dell'altra.

– Ecco un regalo, ma è l'ultimo Geppone: e questa scatola la devi aprire solo se hai tantissima fame, capito?

Geppone disse «Capito», e «Moltissime grazie», e tornò contentissimo verso casa: ma a un certo punto gli venne voglia di vedere se la scatola funzionava. Disse: – Dammi il solito pane e formaggio e vino!

E aprí la scatola piano piano: ma da quella saltò fuori un omaccio alto tre metri con un randello, e TUM TUM TUM, lo picchiò sulle ossa di Geppone.

– Basta, basta, mi ammazzi! – Alla fine Geppone riuscí a chiudere la scatola con il tipaccio dentro.

Arrivò a casa, e Rosina gli disse: – Com'è andata, Geppone?

– Meglio dell'altra volta. Guarda cosa mi ha dato.

– Oh, è tutta d'oro! Chissà come si mangia! Chiamo i figlioli!

– No, voglio farti assaggiare per prima la merenda, – disse Geppone. – Siediti lí, e dimmi: cosa ti piacerebbe?

Lei sedette e disse: – Per merenda, pane bianco, formaggio di stagione e vino rosso forte.

– Ora apri la scatola.

Rosina aprí, e saltò fuori l'omaccione, e TUM

TUM TUM, sulle sue ossa, perché Geppone si era nascosto sotto il tavolo.

– Basta, basta, aiuto! – gridava Rosina, e Geppone ebbe pietà e saltò fuori a chiudere la scatola.

– A te è bastato, – disse Geppone. – Ma il priore non sa la buona notizia!

– Che vuoi fare? – disse Rosina, tastandosi i dolori.

– Sta' a sentire, Rosina...

Il mattino dopo Rosina andò a bussare dal priore: – Che vuoi, figliola?

– Signor priore, siccome lei non ci dava piú né vino né semenza, noi morivamo di fame, mio marito è andato dal vento un'altra volta, e ora abbiamo una scatola d'oro.

– Davvero? Poiché io sono il priore, la scatola tocca a me.

– Ma noi non avremo da mangiare.

– Sí che ce l'avrete: io vi do la scatola vecchia in cambio della nuova, e avrete da mangiare.

– Va bene, – e Rosina andò a prendere la scatola d'oro e la diede al priore in cambio dell'altra.

Ora bisogna sapere che il priore aveva a cena sei o sette priori delle parrocchie vicine: e voleva fare bella figura. Nel pomeriggio vennero: lui li portò a vedere i campi, e loro facevano meraviglie e complimenti, aspettando la cena, ma vennero le sei, le sette, le otto, e la cucina era spenta, e non si vedeva niente sulla tavola.

– Oh caro, niente cena? – chiesero i priori.

– Mettetevi a tavola, che mangeremo da nababbi! – disse il priore, e tirò fuori la scatola d'oro, la mise in mezzo al tavolo, fece l'elenco delle ghiottonerie del mondo, e poi l'aprí pianino pianino: ed ecco spuntò fuori l'omaccione, e TUM TUM TUM sulle ossa di tutti i priori, che cercavano di scappare tenendo le tonache alzate, e cercavano di entrare nei mobili della cucina. E Geppone, che se ne stava nascosto, quando furono tutti ben pesti entrò a chiudere la scatola e portò via anche

quella: e da quel giorno il priore dimagrí, mentre Geppone e Rosina e i figlioli ingrassavano come porcellotti nel campo.

Petruzzo

Marito e moglie avevano un figliolo. Un giorno il marito s'ammalò, e il medico gli ordinò una minestra di cavolo. La madre disse: – Petruzzo, va' a cogliere il cavolo per tuo padre.

– Io non ci voglio andare, – disse Petruzzo.

– Mazza, picchia Petruzzo che non vuole cogliere il cavolo per suo padre, – disse la madre.

– Io non voglio picchiare, – disse la mazza.

– Fuoco, brucia la mazza che non vuole picchiare Petruzzo, che non vuole cogliere il cavolo per suo padre.

– Io non voglio bruciare.

– Acqua, spegni il fuoco che non vuole bruciare la mazza che non vuole picchiare Petruzzo che non vuole cogliere il cavolo per suo padre.

– Io non voglio spegnere.

– Bue, bevi l’acqua che non vuole spegnere il fuoco che non vuole bruciare la mazza che non vuole picchiare Petruzzo che non vuole cogliere il cavolo per suo padre.

– Io non voglio bere.

– Fune, lega il bue che non vuole bere l’acqua che non vuole spegnere il fuoco che non vuole bruciare la mazza che non vuole picchiare Petruzzo, che non vuole cogliere il cavolo per suo padre.

– Io non voglio legare.

– Topo, rodi la fune che non vuole legare il bue che non vuole bere l’acqua che non vuole spegnere il fuoco che non vuole bruciare la mazza che non vuole picchiare Petruzzo che non vuole cogliere il cavolo per suo padre.

– Io non voglio rodere.

– Gatto, mangia il topo che non vuole rodere la fune che non vuole legare il bue che non vuole bere l’acqua che non vuole spegnere il fuoco che non vuole bruciare la mazza che non vuole picchiare Petruzzo che non vuole cogliere il cavolo per suo padre.

E il gatto disse: – Ora lo mangio.

Il topo disse: – Rodo, rodo!

La fune disse: – Lego, lego!

Il bue disse: – Bevo, bevo!

L'acqua disse: – Spengo, spengo!

Il fuoco disse: – Brucio, brucio!

La mazza disse: – Picchio, picchio!

Petruzzo disse: – Vado, vado! – e andò a cogliere il cavolo per la minestra, suo padre la mangiò, e il malanno gli passò.

Prezzemolina

Una donnetta contadina campava con un po' di terra, e aveva un garzone: e siccome uomo e donna sono adatti a far famiglia, si piacquero, si sposarono e presto la contadina si gonfiò, perché aspettava un figlio. E capitò che non le piacesse niente da mangiare, se non il prezzemolo: però, lí da loro, non ne cresceva neanche a mettersi in ginocchio e pregar la terra, e la donna era infelice.

Passò un merciaio, la vide tanto triste e domandò: – Perché hai quella faccia?

– Perché vorrei prezzemolo, e non ne ho.

– Ti dico io dove trovarlo: a cinque miglia da qui c'è un orto ben chiuso, con dentro del prezzemolo cosí fitto che è una meraviglia.

La donna disse la notizia al marito, che prese un falcetto e un sacco, e andò a cercare quell'orto, e cammina cammina lo trovò. C'era un muro alto da scavalcare, e lo scavalcò, e vide quella benedizione di prezzemolo, e taglia taglia ne riempí il sacco, scavalcò il muro e tornò a casa, dove la moglie, già con la bocca piena di verde, lo ringraziò.

Ora bisogna sapere che il padrone del prezzemolo era un orco, che quando al mattino vide il taglio fresco, andò in gran furia, e disse: – Ladri, ladracci! Almeno me l'avessero chiesto! Ma quando tornano, li acchiapperò!

E fece un capanno nascosto con frasche, e si mise dentro ad aspettare.

Dopo una settimana il prezzemolo del sacco era finito, e la donna ne aveva ancora voglia: cosí il marito prese il falciolo, e cammina cammina tornò all'orto, scavalcò il muro, cominciò a tagliare. Ma l'orco saltò fuori dalla capanna, lo prese per il collo, gridando: – T'ho preso, malandrino! Ora ti mangio con tutte le ossa!

Ma mentre l'orco apriva la bocca, il contadino, in fretta, cominciò a raccontargli la sua storia, e cosí bene raccontava che l'orco richiuse la bocca e lo ascoltò, e s'intenerí, e disse: – Ti perdono, ma a un patto.

– Quale patto, signor orco?

– Prendi tutto il prezzemolo che vuoi, ma il bambino che nasce lo voglio metà per me, per mangiarlo a colazione.

L'uomo, per voglia di scappare, disse di sí, l'orco lo lasciò, l'uomo tagliò il prezzemolo, insaccò, scavalcò il muro e tornò a casa, e mentre la moglie mangiava, le raccontò quello che era capitato.

Lei sputò il verde, e disse: – Sciagurato, che hai fatto? Dovremo dunque tagliare a metà il nostro figliolo?

– La paura che avevo, moglie mia! È facile esser coraggiosi qui, ma io, là, ero metà morto! E poi vedrai, c'è del tempo, il tempo aggiusta tutto, può cambiare la fortuna...

Cosí lei si calmò, e riprese a mangiare il prezzemolo, e passarono i mesi mancanti, e finalmente nacque una bella bambina dai capelli biondi, una bellezza a vederla, con gli occhi luccicanti: e i due genitori avevano dimenticato la promessa fatta all'orco. Una mattina sentono bussare: – Chi è?

– Sono l'orco, aprite! Ricordate il patto?

Spaventati aprirono, lui prese la bambina, l'alzò e con una sega stava per tagliarla a metà, ma la madre si buttò in ginocchio, piangendo: – Non tagliarla, non tagliarla, piuttosto prendila intera!

L'orco ci pensò su, e disse: – Va bene, la prendo tutta, però non subito. Fatela crescere voi, vi darò dei soldi per il servizio: poi, quando sarà cresciuta, la prenderò, per farci non la colazione, ma il pranzo.

L'uomo e la donna accettarono, e l'orco mandava ogni mese dei bei quattrini, vestiti belli, e cose buone da mangiare.

Quando la bambina ebbe cinque anni, l'orco venne a prenderla, e non ci fu verso, la portò via e la chiuse in una torre senza scale per salire, e disse alla moglie orchessa, che si chiamava Càtera: – Custodiscila, che non le manchi nulla, nessuno la veda e che non scappi.

– E come si chiama?

– Non lo so: chiamala Prezzemolina!

E cosí Prezzemolina, là sulla torre, cresceva sempre piú bella, e chiamava mamma la moglie dell'orco, e quando quella doveva salire gridava: – Prezzemolina, butta la treccia che devo salire!

Prezzemolina buttava la treccia e tirava su Càtera.

Un giorno l'orchessa disse: – Pettinami i capelli.

Prezzemolina pettinò.

– Cosa vedi nei miei capelli? – chiese l'orchessa.

– Un gran numero di pidocchi, mamma.

– Sai che devi fare? Prendili e mettili dentro un cannone di canna: se un giorno ti servirà, soffiaci dentro, e dove i pidocchi cadono nascerà una grande siepe.

Un altro giorno l'orchessa disse: – Prezzemolina, se io non venissi un giorno, avresti da mangiare?

– No, mamma: qui non c'è cibo né cucina.

– Allora prendi questa bacchetta fatata, chiedile ogni cosa e sarai accontentata.

Poi le disse addio e se ne andò via per qualche tempo a fare certi affari.

Una mattina Prezzemolina sentí gridare: – Prezzemolina, butta la treccia e fa' salire tua madre!

Lei buttò la treccia, e chi venne su? Un bel giovanotto, figlio d'un re. E siccome a metter l'esca s'appicca il fuoco, si innamorarono e restarono insieme anche la notte. Ma al mattino: – Prezzemolina! Butta la treccia, che sale tua madre!

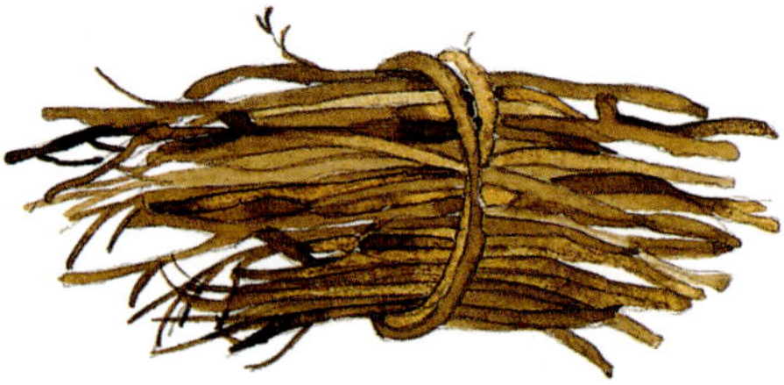

– Come facciamo? – disse il giovanotto, pallido pallido. – Se l'orchessa mi trova, faccio una brutta fine!

Ma Prezzemolina prese la bacchetta, e tac, lo trasformò in una fascina di legna, e poi buttò la treccia, e l'orchessa salí.

– Cos'è questa legna? – chiese.

– Per cucinare, – disse Prezzemolina. – Non ricordi che mi hai dato la bacchetta per avere quel che mi serve?

– Hai ragione, brava. Ora io devo andarmene via un'altra volta, addio.

E l'orchessa rimase via tre giorni, e il giovanotto stava sempre lassú. Ma il terzo mattino, presto, grida Càtera: – Prezzemolina, butta la treccia, che devo salire!

Prezzemolina, tac, con la bacchetta tramutò il giovane in un maialotto.

– Chi t'ha dato questo bel porcellino? – chiese l'orchessa quando fu salita.

– La bacchetta fatata, – disse la ragazza. – Lo tengo qui per farmi compagnia, quando non ci sei.

– Brava, brava: ma ora devo andarmene un'altra volta, per certe mie faccende.

Cosí il porcellotto tornò principe, e decisero insieme di scappare: ma Prezzemolina sapeva che tutti i mobili della camera erano stregati, e avrebbero fatto la spia all'orco e all'orchessa, cosí pensò di tenerseli buoni. Disse alla bacchetta: – Voglio una caldaia di maccheroni, – e quando i maccheroni apparvero, ne diede un mestolo alla seggiola, uno al letto, uno allo specchio: ma scordò di darlo alla cassetta della spazzatura. Poi presero tutte le cose di valore, si calarono dalla finestra, e via per i campi.

Quando tornò la Càtera con l'orco, gridò: – Prezzemolina, tira la treccia!

Rispose il letto: – Non posso, sono a letto!

– O pigrona, spicciati, butta la treccia!

E la sedia rispose: – Non posso, mi sto mettendo le calze sulla seggiola!

– Non farmi aspettare, Prezzemolina, butta la treccia!

– Me la sto pettinando davanti allo specchio! – gridò lo specchio.

Ma la cassetta della spazzatura strillò: – Non è vero! Prezzemolina è scappata con il giovanotto, eccoli laggiú nella valle!

Allora la Càtera: – Ah, i birboni! Corri, orco, con le tue gambe lunghe: li piglierai!

E mentre la Càtera si strappava i capelli, l'orco giú per i campi con le sue gambacce, e già da lontano vedeva Prezzemolina: ma Prezzemolina, sentendo la puzza, si voltò e lo vide, prese il cannone di pidocchi e gli soffiò addosso, e subito gli spuntò davanti ai piedi una siepe cosí alta e intricata che sembrava un bosco spinoso, e l'orco non poté passare, e tornò indietro, a raccontare alla Càtera quello che era successo.

E lei: – Ahi, ahi, l'ho insegnata io questa malizia a Prezzemolina! Ma ora non ne ha piú: corri, marito, corri, che la prenderai!

E l'orco via di corsa, e già rivedeva Prezzemolina: ma la ragazza, con la bacchetta incantata, si trasformò in una chiesa, e il giovanotto in un prete che diceva messa, e c'era anche un ragazzino con le pecore sul prato davanti alla chiesina.

– O bambino! Hai visto una ragazza e un giovanotto che scappavano? – chiese l'orco.

– Io non so niente, – disse il ragazzino. – Forse sono andati a messa in chiesa, entra anche tu.

Ma nessun orco vuole sentir messa, e l'orco tornò a raccontare quello che era capitato.

– O scemo, non hai visto che la chiesa era la ragazza, e il prete era il giovanotto? – gridò la Càtera, furba tre volte piú dell'orco. – Corri, marito, corri, e non ti lasciar piú ingannare!

E l'orco via per miglia e miglia, di corsa, e già vedeva Prezzemolina e il giovanotto, ma lei sentí la puzza e con la bacchetta fece comparire un lago, e si tuffarono dentro: lei diventò una lasca e il principe un luccio. L'orco arrivò alla sponda e disse: – Non mi scappate questa volta! Vi acchiappo! –

e si buttò anche lui. Ma era inutile, pigliava il luccio, e il luccio scivolava via, prendeva la lasca, e quella scivolava via, e alla fine l'orco uscí tutto bagnato e gridò: – Maledetta tu per prima Prezzemolina, e maledetto anche lui, che a un'osteria ti lascerà, e quando sua madre lo bacerà, di te si scorderà!

E se ne andò senza voltarsi indietro.

Allora Prezzemolina e il principe tornarono persone, e si rimisero in cammino, ma a cinque miglia dal palazzo reale lui disse: – Senti, io non posso tornare a casa in questo stato: prima devo far sapere alla corte che ci sei, poi torno a prenderti. Fra tre giorni verrò con carrozza e belle vesti, tu aspetta in questo albergo.

– Aspetterò, – disse lei. – Ma attento che tua madre non ti baci, per la maledizione dell'orco.

– Non mi bacerà, – disse il principe, e partí per il palazzo. Ed ecco che appena arrivò tutti correvano a gridare: – Ben arrivato, ben tornato! – E lui saliva le scale con quella festa dietro, e sul pianerottolo gli vennero incontro il re e la regina piangendo: ma il principe non volle farsi baciare, e lei non capiva perché, e si disperava. Poi si misero a cena, e lui raccontò che aveva trovato una bella sposa, e che sarebbe andato a prenderla con una carrozza all'osteria, con corte e tutto, e alla fine della cena e del racconto se ne andarono a dormire. Ma la regina, che aveva un groppo in gola per non aver baciato il figlio, andò zitta zitta nella sua camera, e mentre lui dormiva lo abbracciò e lo baciò: e lui al mattino, quando si svegliò, non si ricordava piú né di sposa né di fidanzata, e passarono tre giorni, tre settimane, tre mesi, e Prezzemolina aspettava all'osteria, e nessuna carrozza arrivava, neanche un carrettino.

Intanto la regina pensò di dare moglie al figlio, e fu chiamata la principessa di un regno vicino, e si preparavano le nozze. E di quelle nozze venne a sapere Prezzemolina, che allora pensò: «Povera me! Lui si è lasciato baciare dalla madre!»

Però ricordò la bacchetta magica: fece apparire due piccioni, un maschio e una femmina, che parlavano come cristiani, e li mandò sul davanzale del principe. E la picciona diceva: – Non ricordi quando sei venuto nella mia torre, e io ti misi nel mio nido?

E il piccione: – Sí, lo ricordo!

E la picciona: – Non ricordi quando t'ho cambiato in legna, e poi in un porcellino, e di quando si fecero i maccheroni, e poi li demmo ai mobili?

E il piccione: – Sí che ricordo!

E la picciona: – E non ricordi quando scappavamo, e l'orco ci rincorse per tre volte, e prima facemmo gli spini, poi ci trasformammo in chiesa e prete, e poi in lasca e luccio, e l'orco ci lanciò la maledizione?

E il piccione: – No, non lo ricordo!

E la picciona: – Lui disse: «A un'osteria ti lascerà, e quando sua madre lo bacerà, di te si scorderà!»

E il principe, ascoltando i piccioni, si mise a ripensare a ogni cosa, e gli tornò in mente tutto, e che Prezzemolina lo stava aspettando. Allora si alzò infuriato dal letto, si mise a suonare campanelli, a chiamare i servi, il re e la regina, e tutti correvano da lui: – Presto! Correte in carrozza a cercare Prezzemolina!

E si attaccarono i cavalli, e la corte andò a prendere Prezzemolina, e la portarono in trionfo a palazzo, dove si fecero le nozze, con gran ballare e mangiare, e tutti furono felici e contenti finché camparono.

La bella Giovanna

Un contadino aveva una bella figlia, vispa e allegra, tutta una festa, che si chiamava Giovanna. Nella città vicina c'era un re con una figlia anche lei bella, ma cosí seria e triste che nessuno la sapeva far ridere: il re si preoccupava, e cercava ogni giorno qualcosa di allegro per la sua figliola, ma non lo trovava.

Un giorno quel re venne a sapere che nel paese vicino abitava l'allegra Giovanna, e allora la mandò a chiamare per far compagnia alla principessa, e Giovanna disse: – Subito ci vado! – e scalza com'era si avviò.

– Ferma! – le disse il padre. – Non ci puoi andare cosí da sciattona! Pettina i capelli, aggiustati la sottana, posa la rocca e mettiti le scarpe!

– Ah no, le scarpe non le metto! – disse Giovanna. – Mi danno fastidio ai piedi, e non voglio impicci: io vado come sono, e se non gli piaccio, torno a casa mia!

E se ne andò, e arrivata al castello prese una sentinella per il gomito e disse: – All'erta, vai dal re e digli che son qua!

La guardia, tutta stupita, corse dal re, a dire che c'era una tutta spettinata, scarruffata e scalza, che voleva essere ricevuta. Il re disse di farla entrare, e appena fu nella sala del trono, senza nemmeno salutare, Giovanna disse: – Dov'è la principessa?

Il re le indicò la camera, e Giovanna ci andò, e quando trovò la tristona seduta su una sedia, si mise davanti a lei e le cantò una canzone tanto ridicola, con dei gesti cosí pazzi, che quella cominciò a ridere di cuore, e addirittura stava per svenire dal divertimento: allora dissero a Giovanna di uscire dalla camera, per non fare il cambiamento tutto in una volta. Da allora bastava che Giovanna fosse davanti alla principessa, che a forza di balli, canti, stornelli, scherzi e storie buffonesche, la faceva ridere dalla mattina alla sera, e la tristona diventò di buon umore. Il re, stracontento, nominò Giovanna prima damigella e le disse di domandare quello che voleva, e lui gliel'avrebbe concesso.

Passò del tempo, e a Giovanna venne la voglia di vestirsi bene. Disse alla principessa: – Dammi un po' dei tuoi vestiti, li riaggiusto, e farò anch'io la mia figura, e poi ti accompagnerò come una vera damigella!

Cosí fu rivestita, e in quei bei panni diventò bellissima; però pensava che non bastava il merito dei vestiti, e si sentiva molto ignorante, e cosí volle imparare a leggere e scrivere, avere maestri, e imparò a parlare e ragionare cosí bene che a corte tutti volevano la sua compagnia: il re la trattava come una figlia, la principessa come una sorella.

Giovanna faceva una bella vita al palazzo, però le cerimonie l'annoiavano un po', e si sentiva chiusa, ricordando la sua bella campagna. Un giorno disse alla principessa: – Che ci facciamo qui chiuse dalla mattina alla sera? Perché non ce ne andiamo un paio di giorni a girare il mondo?

– Sei matta, Giovanna? Il re mio padre non ce lo permetterebbe, perché tutti saprebbero chi siamo!

– Sai che si fa? – disse Giovanna. – Vestiamo dieci ragazze proprio come noi, e andiamo in viaggio: e chi ci riconoscerà nel branco?

La principessa si convinse, e corse dal re a chiedere il permesso, ma il re, che era vecchio e voleva la figlia vicina, non glielo diede. La principessa tornò tutta triste e raccontò, ma Giovanna disse: – Ci vado io dal re, e vedrai se non gli faccio cambiare idea!

E ci andò, e lo raggirò con belle parole, finché lui cedette, anche perché aveva promesso a Giovanna di concederle qualsiasi cosa. Cosí le due belle si misero a preparare il viaggio, e Giovanna trovò dieci ragazze, e le fece vestire tutte uguali, e poi in dodici partirono su due carrozze e per molti giorni girarono per paesi e castelli, finché arrivarono a una città, si misero in un albergo, e si divertivano a visitare i palazzi, i giardini, o fare passeggiate in campagna, e la gente restava a bocca aperta vedendo tutte quelle bellezze.

Un giorno Giovanna, nel far la polvere a un quadro della stanza d'albergo, lo alzò e trovò una finestrella che dava su una cucina, e nella cucina c'era un cuoco che preparava dei cibi cosí ricchi che certo erano di un principe: infatti l'albergo era vicino al palazzo reale. Insomma, a Giovanna venne in mente di fare uno scherzo al cuoco, e quando lui si allontana lei salta nella cucina, assaggia le pietanze, ne prende in grembo quante può, butta sale a manate in quel che resta, e se ne torna per la finestrella nella stanza dell'albergo, e rimette a posto il quadro. All'ora del pasto diede alle ragazze quelle bontà, senza dire dove le aveva trovate.

Bisogna sapere che in quel giorno il re della città

aveva invitato parenti e signori del regno: e quando furono serviti, nessuno poté mangiare le pietanze tanto erano salate. Il re chiamò il cuoco, e con faccia d'orco gli chiese il perché di quella brutta sorpresa, e quello, allocchito, rispose che non ne sapeva niente. Il re lo fece mettere in prigione per una settimana, e poi gli ordinò di cucinare un pranzo ancor piú grande e ricco di quello, per far contenti gli invitati.

Il cuoco si mise d'impegno, e cucinò cibi da

meraviglia, e fece molta attenzione al sale: ma Giovanna spiava, e appena lui si allontanò, lei passò la finestrella, prese i cibi, buttò manciate di sale in quelli che lasciava, cosí che poi, anche quella volta, gli invitati sputarono tutti il boccone.

Il re s'infuriò, e voleva tagliare la testa al cuoco, ma quello si mise in ginocchio, pianse, giurò di essere innocente, e diceva: – Maestà, c'è qualcuno che mi vuol male, perché mi sono sparite anche delle pietanze: ma ordina un pasto nuovo, e se non scopro il briccone, mi lascio tagliare la testa volentieri!

Il re lo ascoltò, e volle addirittura nascondersi in cucina, dietro un armadio. E quando, dopo aver cucinato, il cuoco uscí, subito dalla finestrella venne giú Giovanna a fare i suoi malestri. Ma mentre stava per tornar via, ecco saltò fuori il re e l'acchiappò per una gamba: – Eccoti, ladra! Ora la paghi!

Ma Giovanna, senza spaventarsi: – Signore, non sono ladra, perché ho quel che mi basta: è stato solo uno scherzo al cuoco e al re!

Il re, a cui Giovanna piaceva già un pochino, disse: – Ti perdono, ma dimmi chi sei, e da dove vieni.

Cosí lei gli raccontò ogni cosa, e lui disse: – Dunque, tu e le tue compagne venite da me a pranzo domani: ci sarà una bella compagnia.

– A me va bene, ma occorre il permesso della

mia signora, – disse Giovanna. – Torna stasera a questa finestrella, e avrai risposta.

Cosí si lasciarono, e lei andò a raccontare tutto alle compagne, e chi rideva, chi sgridava: la principessa temeva per il suo onore. Ma Giovanna, con garbo di parole, la convinse ad accettare l'invito, a patto che a tavola ci fossero solo dodici giovanotti, compreso il re: uno per ogni ragazza. Poi mandò a prendere alla reggia del padre della principessa dodici bottiglie di vino fortissimo.

Il giorno dopo, le ragazze si vestirono in gran lusso, e andarono al palazzo del re, che le aspettava con altri undici giovanotti, scelti tra i piú nobili della città. Si fecero inchini e complimenti, e poi sedettero a coppie alla tavola. Giovanna stava col re, e pur parlando a lui piú che agli altri, pure divertiva la brigata con i suoi soliti scherzi e le novelle divertenti.

Alla frutta il re e i giovanotti, che avevano bevuto un po', cominciarono a prendersi delle libertà e a dare pizzicotti. Allora Giovanna ordinò che si portassero quelle dodici bottiglie, e disse: – Signori, questo vino è speciale: vi sfido a berne una bottiglia ciascuno, alla nostra salute!

I giovanotti, allegramente, si attaccarono al collo delle bottiglie: ma appena finito di tracannare ecco che cominciarono a piegare il capo, e si buttarono a dormire sulla tavola, o in poltrona. Allora Giovanna prese un paio di forbici dalla tasca e

tagliò a ciascuno mezzo baffo, e poi tutte e dodici corsero via dal palazzo, andarono all'albergo, fecero i bauli, e scapparono dalla città per parecchie miglia, e si fermarono in una locanda.

Il re e gli altri, quando si svegliarono, avevano un gran mal di testa, e si stiravano, e sbadigliavano, e a un certo punto uno disse a quello di fronte: – To', hai un baffo solo!

– Perché, tu no? – rispose quello, e a un altro: – E anche tu, uguale uguale!

Insomma, si accorsero del fatto. Il re disse: – Poffarrina! Ci hanno conciato per le feste! Ah, quella Giovanna, me la pagherà cara!

Ma, cerca cerca, i soldati non trovarono né Giovanna né le altre: però una spia venne a sapere che erano in quella locanda lontana. Il re decise di andare a scovarle con un travestimento. Cosí mise dodici mele cotte in un paniere, e vestito da pellegrino s'incamminò, e dietro a lui, da lontano, venivano gli altri della brigata.

Alla sera, il re arrivò alla casa delle ragazze, e bussò piano. Scese Giovanna col lume, e sentendo il pellegrino che chiedeva alloggio, essendo di buon cuore, lo portò in cucina, accanto al fuoco, perché si riscaldasse. E lui disse: – Signora, stavo andando in città a vendere mele cotte, mi sono perduto: ormai le mele andranno a male, e se vuoi te le do, in ringraziamento.

Giovanna le accettò, e le portò alle compagne: ma quando vide che le mele erano dodici, come loro, le venne un sospetto, e tornò zitta a spiare in cucina, e vide il falso pellegrino che bisbigliava alla finestra: – Appena si sono addormentate, scendo e vi apro la porta!

Giovanna, allora, senza fiatare lo prese per le gambe e lo gettò di sotto. Per fortuna la finestra era bassa, il re svenne soltanto: i compagni lo portarono a palazzo, e lo misero a letto. Ma lui non guariva, i medici non sapevano che fare, perché era male d'amore. La notizia arrivò a Giovanna che, travestita da medico, andò al palazzo e disse: – La mia cura è segreta: io, il malato e nessun altro. Se griderà, non importa: l'importante è che guarirà.

Siccome tutti erano alla disperazione accettarono, e lei entrò, chiuse la porta, si avvicinò al letto, e prima si fece riconoscere, poi levò un nerbo e lo pestò; lui gridava, lei picchiava, finché lui svenne, e lei uscí, dicendo: – Ora dorme, ma al risveglio starà meglio.

E cosí fu. Intanto Giovanna e le altre erano scappate dal padre della principessa, per paura della vendetta. Ma il re giovane non voleva vendetta, voleva Giovanna, e con un gran corteo andò al regno del re padre, e chiese Giovanna in sposa. Il vecchio re temeva un inganno, ma lei disse: – Non temere, alla mia difesa ci penso io.

Cosí il vecchio re accettò, le diede una bella dote, e lei se ne andò col marito, salutata da tutti: ma prima di andarsene mandò a prendere dal fornaio una cassa di pasta fresca e, quando fu al palazzo dello sposo, di nascosto fece con la pasta una forma di donna, e la nascose sotto il letto.

Quella sera, lo sposo venne per dormire con lei: ma aveva una strana luce negli occhi. Giovanna disse: – Andiamo a letto, sí maritino, però senza luce.

Appena al buio, lei salta giú, mette sul letto la donna di pasta, e si mette in ginocchio lí dietro.

– Me ne hai fatti di scherzi, traditrice! – dice il marito. – Dovrei punirti, ma se chiedi scusa, ti perdono.

– Chiedere scusa? – dice lei, dietro la statua di pasta. – Macché, marito, se capitasse, te ne farei di peggio!

Allora lui, furioso, prese la spada che teneva

vicino al letto e con un colpo staccò la testa alla donna di pasta. Poi, già pentito, allungò le mani, toccò un corpo gelido, si disperò di aver ucciso la sua cara sposa, e piangeva, chiamava i servi con lanterne: intanto, al buio, Giovanna tolse la pasta, si mise nel letto, e con un po' di sangue di pollo che teneva in una vescica, si macchiò il collo. Quando ci fu luce e il re vide lo spettacolo, si gettò per terra, e si strappava i capelli, senza pace. Lei lo lasciò lí un poco, poi si mise a sedere e disse allegra: – Sarebbe questa la bellezza della prima notte di nozze? Dovrei prendere le mie cose e andare via: invece penso che il mio sposo sia stato solo un po' pazzo, e adesso non lo è piú. Basta che ora esca di qui, e ci entri solo quando io lo chiamerò!

Cosí il re fece: solo dopo una settimana di bussa, piangi e sospira, e manda baci, Giovanna lo fece entrare ad abbracciarla. Da allora furono felici, allegri e contenti: chi non ci crede, abbia male ai denti.

Le tre montagne sorelle

Un re aveva tre figlie, due cattive e una buona, che si chiamava Barbarina e stava sempre in camera sua.

Un giorno la ragazza va in giardino, e vede una rosa bellissima.

– Guarda che bella rosa! – dice, e la prende: ma la rosa perde sangue.

Barbarina, per lo spavento, corre in camera, e mette la rosa in un catino: il sangue esce ancora un po', poi si ferma.

Arriva la sera, e anche l'ora di andare a letto: ma, toc toc, Barbarina sente bussare alla porta. Va ad aprire, e si trova di fronte una bestiaccia. La ragazza fa per gridare, ma il mostro dice:

– Zitta, zitta, per gentilezza!

E poi gli cade la pelle, e chi c'è sotto? Un giovane bellissimo.

– Vedi, Barbarina, – lui dice, – io sono figlio di re, e delle fate crudeli mi hanno stregato. Potrò tornare uomo solo quando troverò una che mi sposa.

– E dovrei essere io quella? – dice Barbarina. – Te lo sogni, principe mostro!

Il principe, triste triste, esce dalla porta e va a nascondersi in fondo al giardino, sotto un muro coperto di muschio.

Alla mattina la ragazza si sveglia pentita, va a camminare in giardino, e quando arriva in fondo, ecco lí la bestia, morta.

– Ah, povero caro! – piange la ragazza. – Se fossi ancora vivo ti sposerei!

Ma quello resta morto.

Alla sera, Barbarina sta per andare a letto.

«Toc toc!» Lei apre la porta, ed ecco di nuovo la bestia: la pelle si apre e c'è il bel giovane, che dice:

– Quello che hai detto in giardino un giorno mi libererà, e allora ci sposeremo.

Poi fanno l'amore, beati loro, e cosí anche le altre notti, e ogni volta, all'ora di andarsene, il principe rimetteva la pelle. Intanto le due sorelle cattive, vedendo che Barbarina sta sempre in camera sua, sono molto curiose.

Una volta, prima di andarsene, il principe lascia la pelle da bestia sotto il letto: ed ecco che, quando Barbarina è uscita, le due sorelle vanno dentro, e cercano e frugano, trovano la pelle, la portano fuori e la bruciano: e in quello stesso momento il principe viene preso da un vento di ghiaccio, ed è portato chissà dove.

Barbarina torna a casa, entra in camera, cerca la pelle e non la trova, e piange e piange, e spera che di notte lui si faccia vedere: ma passa la notte, e anche quella dopo, e il principe non si vede. Allora Barbarina decide: – Andrò per il mondo a cercarlo.

Il re suo padre, quando lo sa, prima cerca di farle cambiare idea, poi le dà un fagottino pieno di denari, e Barbarina parte con un paio di scarpe di ferro.

Cammina cammina, non trova nessuno che le dica dove è il suo bel principe.

Un giorno arriva in un bosco, e stanca siede su una pietra: e compaiono tre fate, che le dicono: – Sappiamo tutto della tua sciagura: la colpa è delle tue sorelle. E non troverai il principe se non passando pericoli che nessuno ha mai passato.

– Li passerò, – dice Barbarina.

– Prima devi attraversare il Mar Rosso, poi il Mar Nero, e le Tre Montagne Sorelle: e di là c'è il prin-

cipe, che si è maritato, ma se tu arrivi da lui, sta sicura che si smariterà.

E le fate spariscono.

Barbarina si rimette in cammino, e arriva al Mar Rosso, che fa paura solo a guardarlo. Però le fate la seguono, e le fanno trovare un panchetto sotto la superficie dell'acqua: lei ci mette un piede, poi l'altro, e piano piano passa tutto il mare.

«E uno!» pensa Barbarina, e va avanti, finché sente il suono del Mar Nero, ed è un mare cosí grande, che pensa di non riuscire a passare: ma ecco un filo di strada, e lei ci mette un piede, poi l'altro, e passa dall'altra parte.

«E due!» pensa la ragazza, e cammina cammina, e comincia a sentire trumtrumtrum, un rumore da far paura. Lei la paura ce l'ha, ma non torna indietro, finché arriva dove c'è una montagna che balla. Quando la montagna la vede, si ferma, e le dice: – Conosco la tua storia, ragazza: prendi questa castagna e aprila in caso di bisogno.

– Grazie, – dice Barbarina, e va avanti, e trova una montagna piú piccola, e balla anche quella. La montagna si ferma e dice:

– Conosco il tuo caso, figliola: prendi questa noce e aprila in caso di bisogno.

– Grazie, – dice Barbarina, e va avanti: e c'è la terza montagna sorella, che ferma il suo ballo e dice:

– Principessa poverina, prendi questa nocciola: se avrai bisogno, aprila!

– Grazie, – dice Barbarina, e cammina cammina arriva in una città, e siccome ha una fame da non vederci piú, va all'osteria e mangia, poi cerca un posto come serva o cameriera, e a tutti quelli che incontra chiede se sanno dove ne cercano una.

– Ne cercano una al palazzo del re, – risponde una donna.

E in quel palazzo, chi c'è? C'è il bel principe, che ha dovuto sposare una donna ricca, brutta e malgustosa, però lui pensa sempre a Barbarina, ed è infelice.

Barbarina intanto arriva al portone, bussa, e le chiedono:

– Cosa vuoi?

– Sono una povera donna e cerco lavoro.

– Entra: le nostre lavandaie hanno bisogno di qualcuno che pieghi e stiri la biancheria.

Barbarina entra e si mette a lavorare: ma dopo due settimane è cosí stufa che prende la castagna, la apre, e salta fuori un bellissimo vestito, e lei lo mette a prendere aria sulla corda del bucato.

Le damigelle della regina, che stanno sui balconi a prendere aria, vedono quella meraviglia, e corrono a gridare:

– Sacra Corona, vieni a vedere che bel vestito ha steso la nuova lavandaia!

La regina va a guardare e fa subito chiamare la ragazza, e le chiede:

– Mi vendi quel vestito?

– Sí che te lo vendo, regina.

– E cosa vuoi in pagamento?

– Dormire una notte con tuo marito.

La regina risponde:

– Va bene, – ma siccome è piú furba della volpe, fa mettere nel bicchiere d'acqua del marito del sonnifero, e cosí lui, appena tocca il letto, cade addormentato.

Arriva Barbarina, e canta:

Io sono Barbarina la bella,
ho camminato per mare e per terra,
ho camminato e camminato molto:
voltati di qua e dammi ascolto!

Ma il re non si volta, e russa. Lei canta piú forte, ma lui non si sveglia. Al mattino la fanno alzare e lei torna fra le lavandaie. Dopo due settimane, Barbarina rompe la noce, e appare un vestito ancora piú bello del primo, e lei lo stende sulla corda del bucato.

– Sacra Corona, vieni a vedere che vestito ha la lavandaia!

La regina fa chiamare la ragazza:

– Me lo vendi?

– Sí, regina.
– Cosa vuoi?
– Una notte col re.
– L'avrai, – dice la regina. Ma fa mettere ancora il sonnifero, e il re, appena va a letto, cade addormentato.
Arriva Barbarina, e canta:

Io sono Barbarina la bella,
ho camminato per mare e per terra,
ho camminato e camminato molto:
voltati di qua e dammi ascolto!

Ma il re neanche si muove.
Al mattino lei si veste e torna dalle lavandaie. Dopo due settimane si stufa, e rompe la nocciola: e questa volta il vestito è ancora piú bello.

– Sacra Corona, vieni, vieni a vedere!
– Portatemi la lavandaia!
Barbarina arriva.
– Mi vendi il vestito?
– Sí che te lo vendo.
– E cosa vuoi?
– Dormire con tuo marito.
– Va bene, – dice la regina, e dice alla cameriera di mettere il sonnifero nel bicchiere. Ma la cameriera, questa volta, non ce lo mette: forse per distrazione, forse per far dispetto alla padrona.
Il re, quando va a letto, si addormenta: arriva Barbarina e canta:

Io sono Barbarina la bella,
ho camminato per mare e per terra,
ho camminato e camminato molto:
voltati di qua e dammi ascolto!

Il re si sveglia, si volta, la vede e resta incantato, ascolta la sua storia, si meraviglia e la bacia, e la ribacia.

Al mattino, passa l'ora, e la regina s'insospettisce e va in camera del re, e trova i due abbracciati e contenti, e vuole uccidere Barbarina con il pugnale, ma il re le ferma il braccio e dice:

– Questa è la mia moglie vera, sposata prima di te: o torni da tuo padre, o resti nel palazzo a fare l'ultima damigella.

Quella dice che non resterebbe nemmeno morta, e il re le fa restituire gli abiti a Barbarina, ma Barbarina dice:

Tieniti pure questi vestiti,
perché ormai mi sono serviti:
ho camminato e camminato molto
e il mio principe mi ha dato ascolto!

E cosí quella se ne va, quasi contenta, e anche noi contenti siamo, perché la storia è finita, e la testa riposiamo.

Il mago

In una casetta del bosco viveva una vedova con un figlio, chiamato Bepi. Il figlio andava a raccogliere legna per bruciarla e venderla, e guadagnare qualche soldo.

Un giorno Bepi disse che voleva andare a cercare legna nel bosco fitto e lontano. La madre diceva: – Attento, che là c'è pericolo, non farmi stare in pena! – Ma lui aveva deciso: prese pane e formaggio fresco, l'ascia, una corda lunga per legare le fascine, e se ne andò.

Cammina cammina, il bosco era sempre piú scuro, e di legna ce n'era abbastanza. Ma Bepi volle andare piú avanti, fino a che arrivò in una radura dove c'erano sette alberi morti: allora li tagliò di sotto, fino a quando furono pronti per essere abbattuti, ma prima di dare l'ultimo colpo decise di riposarsi e mangiare un po' di pane.

Mentre mangiava, un bell'uccellotto grigio si posò a beccare le briciole, e Bepi lo prese e lo mise in tasca per portarlo in regalo alla madre.

Stava per prendere altro pane dalla tasca, quando sentí un rumore. Ascoltò, spaventato, e capí

che c'era qualcuno che russava: spiò tra le foglie, e vide un omaccione dalla barba bianca e dalle mani enormi, che dormiva.

Bepi si avvicinò di un passo, e d'improvviso l'omaccione si svegliò, spalancò due occhi rossi e sbadigliò con la bocca che sembrava un forno.

Il giovane era cosí spaventato che non riusciva a muovere un piede.

L'omaccione allungò le braccia e gli afferrò le caviglie.

– Chi sei? – domandò Bepi con poca voce.

– Sono il mago Ladron. Perché sei venuto a disturbarmi? Sei venuto a lavorare per me? Sai io sto diventando vecchio, e mi occorre proprio un po' d'aiuto...

– Io sono venuto a prendere legna, signor mago Ladron... E adesso me ne andrei a casa volentieri...

– No, no! Tu mi aiuterai, perché devi sapere che io sono un ladro, ma non riesco piú a passare su e giú per i camini... Tu ci potresti riuscire... Ma sarai abbastanza forte per tirare su il bottino? Se non sarai abbastanza forte, ti ucciderò con le mie mani!

– Io sono fortissimo, – rispose Bepi, che era furbo anche quando era spaventato. – Lasciami le caviglie, e ti farò vedere come riesco ad abbattere sette alberi in una volta sola!

Il mago lo lasciò.

Bepi legò la corda ai sette tronchi che aveva tagliato, e che erano già pronti a cadere: poi diede uno strattone, e gli alberi caddero tutti insieme.

– Per la mia barba bianca! – disse il gigante, impressionato. – Sei davvero forte! Ma sai anche spezzare una pietra con le mani, come faccio io?

Prese un sasso, gonfiò i muscoli, e lo spezzò.

Ora toccava a Bepi, che si chinò e fece finta di raccogliere un sasso, invece di nascosto levò di tasca il formaggio, che aveva proprio la forma di una pietra. Poi fece qualche smorfia, e lo schiacciò tanto, che lo fece diventare sottile come una frittella.

– Per la mia barba lunga! – disse il mago, ma non era ancora soddisfatto. – Quanto lontano sai lanciare una pietra?

Ne prese una e la gettò in cima a una collina.

Bepi, senza parlare, si chinò, fingendo di cercare una pietra: invece levò di tasca l'uccellotto grigio, e lo lanciò. L'uccello se ne andò via nel cielo, ben al di là della collina.

– Sí, sei abbastanza forte per lavorare con me! – disse il mago, e lo portò dove c'era una caverna nascosta sotto il monte, in mezzo ai cespugli. – Spacca la legna che c'è qui, mentre io preparo gli attrezzi per il lavoro di stanotte!

Bepi, quando ebbe gli occhi abituati al buio, vide che c'era un'ascia grandissima, e due tronchi. Allora ne tagliò uno per il lungo, quasi completamente, ma senza separare le due metà, mentre nell'altro fece una fessura, in un certo modo, e ci infilò un cavicchio nascosto.

Arrivò il mago e disse:

– Come, non hai ancora tagliato i tronchi?

– Non ne ho bisogno, io! – disse Bepi: mise le mani nella fessura del tronco quasi tagliato, fece una smorfia, finse di sforzarsi, e il tronco si divise a metà.

– Chissà se sei capace di fare lo stesso con l'altro tronco? – disse Bepi.

– Io? Con queste mani? – disse il mago. – Sta a vedere, vermiciattolo!

E Ladron mise le mani nella fessura del secondo tronco: allora, svelto, Bepi diede un colpo al cavicchio che teneva le due metà separate, e le mani del mago rimasero chiuse dentro. Poi, con il rovescio dell'ascia, il giovanotto diede una botta in testa al mago, lo tramortí, lo legò con la corda lunga, e si mise a cercare nella caverna.

Cerca cerca, trovò un sacco d'oro nascosto sotto il letto, e se ne andò correndo come il vento.

Quando arrivò a casa, sua madre stava piangendo, perché lo credeva morto: quando lo vide lo abbracciò, felice, e si fece raccontare tutta la storia.

Intanto, i contadini che Bepi aveva avvertito passando andarono a prendere il mago legato con due muli, e lo portarono fino alla prigione, dove rimase per tutta la vita.

I gattini

Un vedovo, che aveva una figlia buona e gentile di nome Marina, decise di riprendere moglie, e sposò una vedova che aveva una figlia capricciosa, di nome Leona. Siccome il padre era spesso via da casa, la matrigna cominciò a trattare male Marina, e col passare del tempo la fece diventare una cameriera, dandole ordini e sgridandola a piú non posso. Marina era triste, e aspettava di diventare piú grande per chiedere al padre di portarla con lui nei suoi viaggi di mercante.

Un giorno la matrigna mandò la ragazza a lavare una gran cesta di panni al canale, e le diede un pezzo di sapone, dicendo:

– Lava bene tutto, e guai se consumi troppo sapone!

Marina andò, e cominciò a lavare: ma a un tratto il sapone le scivolò nell'acqua, e scomparve. Marina si mise a piangere, pensando alle botte che avrebbe preso al ritorno: ma ecco che sentí una specie di miagolio, si voltò e vide il gatto che stava sempre in riva al canale.

Il gatto disse: – Non piangere, Marina: entra nell'acqua, e trova la casa dei gattini, bussa, e vedrai che ti aiuteranno.

Marina non aveva paura dell'acqua, e si buttò in fondo al canale, e lí trovò una casa piccola piccola e una porta: bussò gentilmente, e la porta si aprí, e c'era un gattino con il grembiule come una cameriera.

– Che vuoi, ragazza bella?

– Mi è caduto in acqua il sapone, e il gatto mi ha detto che voi potete aiutarmi.

– Entra pure, – disse il gattino.

Dentro c'era una meraviglia di casa, piena di gattini indaffarati nelle faccende. C'era un gattino che spazzava, e Marina gli disse:

– Lascia che ti aiuti.

Prese la scopa e pulí la stanza. In un'altra stanza c'era un gattino che faceva i letti.

– Posso aiutarti? – e insieme finirono i letti. E di là c'era un gattino che spolverava libri.

– Lascia che ti aiuti, – e con il piumino spolverò tutti i libri.

In cucina c'era un gattino che friggeva acciughe.

– Posso aiutarti? – e Marina fece friggere le acciughe.

E poi c'era un gattino che lavava i piatti.

– Posso lavarli anch'io? – e Marina lavò i piatti con lui.

Alla fine, i gattini le dissero: – Vieni, andiamo dal Gatto Mammone.

E l'accompagnarono in una stanza dove c'era un gatto molto grosso, che disse:

– Cosa vuole questa ragazza?

Allora Marina raccontò la sua storia, e i gattini, dopo di lei:

– Gatto Mammone, ci ha aiutato a spazzare, fare i letti, spolverare, friggere le acciughe e lavare i piatti!

Il Gatto Mammone disse:

– Marina brava e gentile, ecco il tuo sapone e la tua biancheria lavata e stirata, – e a un suo cenno arrivano due gattini con la cesta tutta in ordine, e un sapone nuovo.

– Adesso vai in quella stanza, – disse il Gatto Mammone, – scegli un vestito che ti piace, e torna a casa. Quando sentirai il canto del gallo, voltati e vedrai.

Poi i gattini la condussero in una stanza dove c'era un armadio pieno di vestiti molto belli, e l'aiutarono a levare i vestiti vecchi e a indossarne uno nuovo e celeste che lei aveva scelto.

Poi l'accompagnarono alla porta, e appena fuori Marina si trovò sulla strada di casa. Fece qualche passo, e sentí un canto di gallo: si voltò, e le apparve una bellissima stella in fronte.

Quando arrivò a casa, matrigna e sorellastra videro biancheria e sapone, e piene d'invidia le tolsero il bel vestito azzurro, e le sfregarono la fronte

per fare scomparire la stella, ma non ci riuscirono.

Allora le dissero:

– Stupidella, dicci cosa ti è capitato!

Marina, che era sempre gentile, raccontò tutto per filo e per segno.

La matrigna decise che anche Leona doveva avere la stella, e cosí preparò un po' di biancheria e un pezzo di sapone, e la mandò al lavatoio, dicendole di fare tutto come aveva fatto Marina.

Leona andò al lavatoio e fece finta di lavare, sospirando e sbuffando.

A un certo punto, il gatto le disse:

– Perché fai finta di faticare?

E lei, dopo aver buttato in acqua il sapone, disse: – Oh oh, ho perso il sapone, cosa devo fare?

E il gatto: – Calati nell'acqua, e bussa alla porta dei gattini.

– In quest'acqua gelida? E va bene! – disse Leona, e si tuffò, scese in fondo, vide la casetta e cominciò a prendere a calci e pugni la porta. Le aprí il gattino col grembiule, e lei gli diede uno spintone. Poi andò dal gattino che scopava e gli picchiò la scopa addosso. Poi andò da quello che faceva i letti e lo arrotolò nelle coperte. Poi andò dal gattino che spolverava e gli spolverò il muso. Poi andò in cucina dal gattino che cucinava, e lo mise nella padella. Poi andò dal gattino che lavava i piatti e glieli ruppe tutti.

Allora i gattini la trascinarono davanti al Gatto Mammone, che disse:

– Cosa vuoi, ragazza?

– Il mio sapone, voglio, hai capito?

E i gattini dissero:

– Mi ha dato uno spintone!

– Mi ha dato una scopata!

– Mi ha arrotolato nelle coperte!

– Mi ha spolverato il muso!

– Mi ha messo in padella!

– Mi ha rotto i piatti!

– Va bene, – disse il Gatto Mammone, – portatela in quella stanza, e fatele scegliere un vestito. E ricorda, ragazza, quando torni a casa, quando senti un asino che raglia, voltati a guardare!

I gattini portarono Leona in una stanza e le tolsero il vestito: lei era contenta, perché pensava di scegliere una veste bellissima, invece lí c'erano solo stracci, e dovette prendere quelli. Poi la misero nel cesto e la gettarono fuori, sulla strada di casa. Lei si alzò e sentí un raglio d'asino: si voltò, e le spuntò in fronte una coda asinina.

Allora tornò a casa per vendicarsi su Marina: ma nel frattempo era tornato il padre, e Marina gli aveva raccontato tutto quello che le avevano fatto. Allora il padre scacciò matrigna e sorellastra, che se ne andarono via, con la vergogna in faccia e la coda d'asino in fronte.

Le dodici tortore

Una povera vedova aveva un figlio solo di nome Zoanin. Quando il ragazzo fu giovanotto, decise di andare a cercarsi un lavoro, perché nella loro campagna c'era gran povertà. La madre era triste, ma lo lasciò andare.

Cammina cammina, Zoanin arrivò a una città, ma trovò le porte chiuse, perché era già notte: cosí si avvolse nella coperta che la madre gli aveva dato e si addormentò in un prato.

Al mattino, sentí uno scalpitare, e un signore su un cavallo bianco gli gridò: – Cosa fai nel mio prato?

– Signore, mi scuso, ma cercando lavoro sono arrivato nella notte e mi sentivo stanco.

– Mi sembri un bravo giovane. Ti metterò alla prova: sali dietro di me a cavallo, e andiamo!

Zoanin saltò a cavallo, e trotta e galoppa, entrarono in un bosco che si faceva sempre piú fitto, finché arrivarono sotto una montagna, che in alto non aveva boschi ma solo roccia altissima e liscia. I due scesero da cavallo affamati e assetati, il cavaliere tolse dalla bisaccia acqua, pane, formaggio e vino, e mangiarono.

– Ora riposiamo, – disse l'uomo. – Domattina all'alba ti dirò qual è il tuo compito, e perché ti ho preso al mio servizio.

Zoanin si avvolse nella coperta, ma prima di addormentarsi vide che il padrone camminava su e giú tutto pensieroso.

«Si vede che gli piace il fresco», pensò il giovane, e si addormentò.

Al mattino, quando si svegliò, vide che vicino al cavallo c'era un asino.

Il signore disse:

– Devi sapere, Zoanin, che in cima a questa montagna c'è un castello dove vive un mago che tiene prigioniere dodici ragazze, che non si possono liberare in nessun modo. Tu devi andare lassú e prendere delle pietre preziose che stanno sulla roccia piú alta accanto al castello, metterle in un sacco e buttarmele giú.

– Ma come salgo e scendo da questa montagna? – chiese Zoanin.

– Vedi l'asino? Lo devi uccidere e scuoiare, e nasconderti nella sua pelle: un'aquila verrà e ti porterà sulla cima. Quando sarai lassú, farai un grido, l'aquila si spaventerà e ti lascerà cadere vicino al castello, tu prenderai le pietre preziose, le metterai in questo sacco e lo getterai giú. Poi ti rimetterai dentro la pelle e l'aquila ti porterà in basso.

– Sono pronto, – disse Zoanin, però prima si

fece dare dall'uomo la paga per il lavoro, che erano cinque pezzi d'oro.

– Se morirò, prometti che manderai questi pezzi d'oro a mia madre, – disse il giovane, e l'uomo promise.

Allora Zoanin fece come il cavaliere aveva detto, e l'aquila venne e lo portò in alto, e lui urlò, e l'aquila lo lasciò cadere in cima alla montagna, e volò via. Il giovane uscí dalla pelle, e si trovò in un luogo bellissimo, tutto d'erbe e fiori.

Dopo un po' di cammino, ecco il castello: da una finestrella, mentre Zoanin guardava, uscirono in volo dodici tortore, che si andarono a posare sulla sponda di un laghetto.

Zoanin spiava, ed ecco che le tortore si trasformarono in dodici belle fanciulle, che si tolsero le camiciole bianche, si gettarono in acqua e si misero a giocare e ridere.

Zoanin non le guardava tutte, ma una sola, la piú giovane: era già innamorato. Piano piano, tenendosi nascosto, si avvicinò, prese la camiciola della sua amata, e la nascose sotto la camicia.

Quando le ragazze uscirono dall'acqua si misero la veste e si trasformarono in tortore: ma la piú giovane non trovava la camiciola, e la cercava, e le undici tortore le volavano intorno impazienti, e alla fine volarono via, per non essere punite.

A un certo punto la ragazza, cercando fra i cespugli, si trovò di fronte Zoanin, e gridò di spavento.

– Non aver paura, io ti voglio aiutare, – disse lui, e siccome lei si vergognava, le prestò la casacca per coprirsi, poi le raccontò come era volato lassú, le chiese il suo nome e dove fosse il mago.

– Io mi chiamo Rosina, – rispose la ragazza, – e sono stata fatta prigioniera come le mie compagne con una magia nera da quasi un anno. Siamo trattate bene, ma dobbiamo ubbidire al mago, che non ci lascia andare via.

– E adesso il mago dov'è?
– È volato in un paese lontano, come fa spesso.
– E come fa il mago a volare?
– Non lo so.
– Mi puoi aiutare a entrare nel palazzo? Forse, c'è qualcosa di magico che fa volare, e se lo trovo potremo fuggire. Io sono innamorato di te, e vorrei portarti a casa mia e farti mia sposa.

Rosina sorrise, e piano piano fece entrare Zoanin nel palazzo e lo portò nelle stanze del mago: e in una cameretta cupa e buia, vicino alla finestra ancora aperta, trovarono un barattolo d'unguento: se lo misero addosso e si sentirono leggeri, presero un po' delle pietre preziose che erano ammucchiate sotto il tavolo, e volarono fuori dalla finestra.

Vola vola, superarono la montagna, i boschi, la campagna, e scesero a terra, perché l'unguento aveva finito il suo potere. Camminarono per un'ora e arrivarono alla casa di Zoanin, dove la madre pianse di gioia e abbracciò Rosina.

I due giovani si sposarono, e con le pietre preziose Zoanin comprò della merce, e cominciò a fare il mercante.

Ma ogni tanto Rosina sentiva la nostalgia delle sue compagne ancora prigioniere.

Bisogna sapere che Zoanin non aveva mai detto alla moglie, e neanche alla madre, della camiciola che aveva preso al lago, e la teneva ben nascosta.

Un giorno, dovendo partire per i suoi affari, rivelò la cosa alla madre e disse:

– Prendi questa camiciola e mettila in un cassetto chiuso a chiave.

Poi abbracciò madre e sposa, e se ne andò.

La madre di Zoanin una mattina andò a messa, e dimenticò la chiave nella toppa del cassetto. Rosina, che sentiva la solitudine per la partenza dello sposo, cominciò a girare per la casa, e arrivata nella stanza della madre vide il cassetto con la chiave, s'incuriosí, aprí, e trovò la camiciola.

Presa dal gran desiderio di rivedere le sue compagne, si spogliò, mise la camiciola, si trasformò in tortora, e volò dalla finestra sopra le campagne, sopra i boschi, sopra la montagna incantata, fino al palazzo del mago: e ritrovò le sue amiche, che l'accolsero con molta gioia.

Intanto, a casa di Zoanin, la madre tornò e trovò il cassetto aperto, e la finestra spalancata, e la giovane sposa era scomparsa: allora mandò messaggi al figlio per farlo tornare. Lui arrivò a cavallo, e partí subito per la montagna incantata: ma arrivato al bosco fitto non sapeva in che direzione andare, e si sentiva disperato.

Era lí seduto su un tronco a pensare con tristezza, quando sentí due voci arrabbiate che discutevano: allora si nascose, e ascoltò con attenzione.

Erano due ladroni, che litigavano per spartirsi quello che avevano rubato. Uno diceva:

– Io ho rischiato la vita per prendere questa roba!

E l'altro:

– Io ho avuto l'idea, e ti ho detto come fare!

E continuavano, sempre piú arrabbiati.

Zoanin si fece avanti e disse:

– Io sono un mercante, e sono pratico di questioni: forse vi posso aiutare.

– Ma sí, tu sarai l'arbitro nella nostra discussione! – risposero quelli.

– Ditemi allora: che valore ha la roba che avete rubato?

Uno dei ladri disse:

– Questi stivali, basta indossarli, e fanno arrivare dove si vuole.

Zoanin li infilò e disse:

– Vediamo. È vero, mi sento leggero e pronto a partire. E la tovaglia?

– Basta stenderla, e quello che si vuole mangiare subito appare.

Zoanin mise la tovaglia in tasca, e disse:

– Dopo festeggeremo con questa il vostro accordo. E il mantello?

– È un mantello che rende invisibili.

Zoanin prese il mantello, lo indossò e divenne invisibile, e disse:

– Grazie, amici: mi avete dato quello che mi serviva, e ora non dovrete piú litigare!

E lasciò i due ladri beffati, a picchiarsi per essere stati cosí stupidi: lui intanto comandò agli stivali di portarlo in cima alla montagna del mago, e in un attimo ci arrivò, sempre invisibile nel mantello.

Arrivato lassú, si mise ad aspettare l'ora in cui le dodici tortore uscivano per andare a fare il bagno nel lago. Quando le tortore uscirono, e si trasformarono, lui di nascosto chiamò Rosina, si tolse il mantello, e i due sposi si riabbracciarono.

Ma come fare a fuggire di nuovo?

– Il mago è ritornato, – lei disse. – È ancora piú sospettoso di prima. E poi, Zoanin, io ti voglio molto bene, ma non posso lasciare sole le mie compagne.

– E anche loro vogliono tornare a casa?

– Certo che vogliono: ma per poterle liberare bisogna tagliare la testa al mago con un coltello che lui porta sempre con sé, o mette sotto il cuscino quando va a dormire.

– Lasciami pensare, – disse Zoanin. – Troviamoci qui domani, alla stessa ora. Intanto avverti le tue amiche che stiano pronte a fuggire.

Poi rimise il mantello, e divenne invisibile, mentre lei tornava dalle sue compagne.

Pensa e pensa, il giovane girò attorno al palazzo, finché notò una porta nascosta, e rimase a spiare. Verso sera la porta si aprí, e il mago uscí: era un

uomo alto e grosso, peloso in faccia e con gli occhi di fuoco. Zoanin, pieno di spavento, stava per fuggire: ma poi ricordò di essere invisibile.

Il mago si mise in cammino, per ispezionare la montagna: allora Zoanin entrò per la porta, andò nella camera del mago e rimase ad aspettare. Dopo un po' di tempo sentí il mago che tornava: era buio, e il mago accese una lanterna, lesse delle parole misteriose in un libro magico, levò dalla veste un coltellaccio, lo infilò sotto il cuscino, si buttò sul letto e senza nemmeno spogliarsi si addormentò.

Zoanin, con il cuore che batteva forte, aspettò fino a quando il mago si mise a russare, poi si avvicinò, e cercando di non guardarlo, perché il mago dormiva con gli occhi spalancati ed era terribile, sfilò piano piano il coltellaccio, e con un bel colpo gli tagliò la testa e la gettò fuori dalla finestra: e in quell'istante tutte le porte del castello si aprirono, e tutte le finestre si spalancarono.

Zoanin prese il barattolo dell'unguento e corse nella stanza delle dodici tortore, che erano tornate ragazze, si tolse il mantello e lo infilò nell'altra tasca, e Rosina quando lo vide gridò di gioia.

Poi le undici ragazze si unsero i polsi e le caviglie con l'unguento, e dopo aver deciso di trovarsi a casa di Zoanin e Rosina dopo un mese, un giorno e un'ora, se ne volarono via. Zoanin invece prese Rosina fra le braccia, e comandò agli stivali di portarlo a casa, e mentre volavano via il palazzo del mago crollò completamente, e non rimase pietra su pietra.

Dopo un mese, un giorno e un'ora, le undici ragazze arrivarono, insieme a molti amici, e la tovaglia fu stesa su una tavola grandissima, e diede da mangiare e da bere a tutti quanti, e se ci fossimo stati anche noi, anche noi avremmo mangiato e bevuto.

Il re superbo

Un re aveva una figlia che non rideva mai. Per quanti balli e feste e spettacoli il re facesse, la ragazza restava seria e muta come una pietra di cimitero.

Un giorno, chissà per quale ragione, il re fece mettere nella piazza davanti al palazzo una fontana che buttava olio, e la principessa stava tutto il giorno alla finestra a guardare la gente che litigava per riempire le brocche.

Un giorno arriva una vecchina con dieci brocchette appese alla cintura, piccole come quelle delle bambole: le riempí una a una, e poi fece per andarsene, ma siccome la pietra lí intorno era unta, dopo un passo la vecchina scivolò, e cadde con tutte le brocchette che si rompevano accanto a lei.

La figlia del re scoppiò in una risata cosí forte che la sentirono in tutto il palazzo.

La vecchia alzò la faccia e disse:

– Che ti possa innamorare del re superbo!

Poi si alzò, e se ne andò.

Da quel momento, nel cuore della principessa

entrò una passione d'amore per il re superbo, e tanto soffriva che sarebbe morta se non l'avesse incontrato. Il re, preoccupato, decise di andare a cercare il re superbo, finché lo trovò.

Bisogna sapere che questo re era tanto bello che non si faceva mai guardare da nessuno, e portava sulla faccia quattordici veli, stava sempre chiuso nella sala del trono e parlava solo con la madre.

– Figlio mio, c'è un re che ha la figlia innamorata di te. È venuto a farti vedere il suo ritratto: è davvero molto bella! – gli disse la madre.

– Fa' buttare nel cesso quel ritratto! – rispose il re superbo.

Quando il re padre sentí la risposta, si infuriò, poi si calmò, e mandò a dire al re superbo:

– Quando saprà la tua risposta, mia figlia piangerà, e forse si ammazzerà!

Il re superbo disse alla madre:

– Regalagli sette fazzoletti per asciugare il pianto di sua figlia, e digli che se lei si ammazzerà, che si ammazzi pure.

Il re tornò a casa e raccontò alla figlia quelle sgarberie.

Lei disse:

– Padre, bisogna avere coraggio. Dammi un cavallo e una borsa di quattrini, e lasciami partire.

Lui disse: – No, – ma lei insisteva.

Lui disse: – Ma, – ma lei voleva, finché lui cedette e le diede un cavallo e una borsa di quattrini.

La principessa partí, e cammina cammina arrivò in una boscaglia. Veniva buio, e lei cercò un posto dove ripararsi, finché vide una luce, che veniva da una casetta.

Bussò alla porta.

– Chi è?

– Una ragazza che si è persa per la strada. Posso fermarmi qui per questa notte?

– Entra, figliola, entra!

La porta si aprí, e dentro c'era una donna, con un figlio malato, che stava per morire.

– Va' a riposare, povera donna, – disse la ragazza. – Starò io qui a curare il tuo figliolo, per questa notte.

A metà della notte, a un tratto, si spense il lume e tutto rimase al buio. La ragazza non aveva fiam-

miferi, e pensò di andare attorno a cercare un po' di luce, uscí, nel bosco c'era una luce, ed era una casupola, e dalla finestra vide una vecchina che mescolava un pentolone d'olio, aggiungendo legna al fuoco.

– Nonnina, mi fai accendere un lume?

– Se tu mi aiuti, ragazza.

– Nonnina, cosa stai preparando?

– Sto facendo una magia contro il figlio dei contadini di una casa qui vicina, – disse la vecchia, e si sporse a guardare se l'olio bolliva.

Svelta la ragazza la prese per le caviglie e la gettò nel pentolone. Poi accese il lume, spense il fuoco e corse alla casa dei contadini, e trovò il giovane sveglio e bello sano.

Figurarsi la contentezza della madre e del padre quando, al mattino, trovarono il ragazzo guarito: il giovane voleva sposare la ragazza, ma lei disse no, e accettò solo i denari che le diedero, e riprese il viaggio.

Cammina cammina, arrivò in un paese dove si mise a servizio in una casa, dove c'erano due sposi. Il marito era malato da tanto tempo, nessun medico sapeva di che malattia. Dopo qualche tempo, alla ragazza venne l'idea che la moglie avesse fatto qualche cattivo incantesimo, e cosa fece? Una sera, invece di andare a letto, si nascose dietro una tenda, e restò a guardare.

Arriva la moglie, e dice al marito:

– Bevi, marito, che ti fa bene.

Il marito beve e cade addormentato come un sasso, e la moglie prende dall'armadio una scatola, e dice:

– Sorelline care, venite a succhiare!

Dalla scatola escono sette vipere e si gettano a succhiare il sangue del marito. Poi la donna fa sputare il sangue in un barattolo, rimette le vipere nella scatola e si versa il sangue sui capelli dicendo:

– Succo d'uomo scuro e rosso, portami dove voglio e posso!

Poi fa un salto e vola via dalla finestra.

La ragazza uscí dal nascondiglio, prese il barattolo e si versò sui capelli il resto del sangue, dicendo:

– Succo d'uomo scuro e rosso, portami dove voglio e posso!

Ed ecco che fu presa in volo e si trovò in una grotta piena di streghe che ballavano e facevano magie contro la brava gente.

La ragazza disse di nuovo la frase, e si trovò a casa, e andò a dormire, perché l'uomo aveva bevuto l'oppio, e non si sarebbe svegliato.

Tornò la padrona, e la ragazza non disse niente, ma appena poté andò dal marito e gli raccontò in un orecchio quello che era successo durante la notte.

– Non ti credo, – lui disse.

– Non credere, se non vuoi, ma non bere, se puoi, – lei rispose.

Il marito, alla sera, quando la moglie gli portò la tazza, fece finta di bere, ma sputò l'oppio sotto il letto, e finse di addormentarsi. Quando vide la moglie aprire la scatola e far uscire le vipere, urlando si alzò e ammazzò moglie e vipere, e subito si sentí guarito.

– Resta con me come una figlia, – disse l'uomo alla ragazza, ma lei non volle: allora lui le diede un sacchetto di denaro, e lei continuò il viaggio.

Cammina cammina, arrivò in un paese, e si fermò in una locanda.

Il figlio dell'oste aveva una strana malattia, che non lo faceva né mangiare né bere, e dormiva sempre.

– Lasciate fare a me, – disse la ragazza ai genitori, e si nascose dietro una tenda. Suonano le dieci, niente. Suonano le undici, niente. Suona mezzanotte, e nel soffitto si aprono due buchi, e scendono nella camera due grandi fagotti: da uno esce una bella ragazza, dall'altro una serva con un cesto pieno di cose da mangiare e bere. La ragazza si avvicina al giovane e gli dà uno schiaffotto. Il giovane si sveglia, e tutti e tre si mettono a mangiare e bere allegramente, finché canta il gallo. Allora la ragazza dà uno schiaffotto al giovane, che si riaddormenta, le due tornano fagotti e spariscono nei buchi del soffitto.

La ragazza andò dai genitori e disse:

– Se volete che vostro figlio guarisca, fate quello che dico: ammazzate tutti i galli del paese, legate tutte le campane, preparate una coperta nera con stelle d'oro come il cielo di notte, e attaccatela sulla finestra. Sotto accendete un gran fuoco, e sul tetto mettete un muratore pronto a chiudere dei buchi.

I due genitori, anche se non capivano, prepararono tutte quelle cose, ed ecco che a mezzanotte si fanno i buchi, scendono le donne, svegliano il giovane e apparecchiano la cena. Intanto il muratore chiudeva i buchi. Aspetta, aspetta, il giorno non arriva mai. Le donne nella camera diventavano pallide e nervose: a un certo punto si affacciano alla finestra per guardare il cielo, se schiarisce, e si accorgono che è una coperta: la strappano, e vedono che è giorno fatto. Gridando cercano di passare per i buchi, ma sono chiusi, si gettano dalla finestra, ma cadono sul fuoco, e bruciano in mille scintille.

Il ragazzo, che in quella fretta non era stato riaddormentato, restò sveglio e guarito, e l'allegria dei genitori fu grande.

– Resta qui, sposa nostro figlio, – dissero alla ragazza, ma lei non volle: prese il denaro che le dettero, e si rimise in cammino.

Cammina e cammina, incontrò una vecchietta che le disse:

– Dove vai, bella figlia?

– Vado in cerca del re superbo.

E la vecchia:

– So che hai tribolato, e voglio che i tuoi guai finiscano. Prendi questa bacchettina di comando: quello che chiedi, ti darà. E per trovare il re superbo cammina da quella parte finché senti la campana.

Poi la vecchina diede la bacchetta e sparí. La ragazza camminò finché sentí la campana, ed ecco un palazzo. Lei batté su una pietra la bacchetta e disse:

– Voglio e comando che ci sia qui un palazzo grande come quello, con quattordici finestre tutte in fila, la prima lontana e l'ultima vicina.

Il palazzo comparve, proprio come lei aveva detto.

Al mattino il re superbo si svegliò, guardò fuori,

vide il palazzo, e alla finestra piú lontana è affacciata la ragazza, bella come il sole.

Per vedere meglio lui tolse uno dei quattordici veli, e quando la vide si innamorò.

Chiamò un servo:

– Prendi due braccialetti con pietre preziose, portali a quella dama e chiedile di essere mia sposa.

Il servo prende e va, e dice quello che deve dire, ma lei risponde:

– Attacca questi due bracciali al mio portone come battacchi.

Il servo torna, e dice quello che è successo.

Il secondo giorno la ragazza è alla seconda finestra, e anche il re, che per vedere meglio si toglie un altro velo.

– Prendi la corona da regina, e portala alla bella dama, – ordina al servo.

Il servo prende e va, ma quando dice alla ragazza quello che deve, la ragazza risponde:

– Metti questa corona come treppiede sotto la pentola.

Il terzo giorno la ragazza è alla terza finestra, e il re superbo toglie un altro velo, e manda il servo con il piú bel cavallo delle stalle, ma lei lo mette a girare al pozzo.

E cosí, un giorno dopo l'altro, la ragazza ogni mattina è alla finestra piú vicina, e lui per meglio vedere si leva un velo, e manda ricchezze, ma lei non ci bada. Il quattordicesimo giorno lei è al-

l'ultima finestra, proprio di fronte a quella del re.

Lui toglie l'ultimo velo, e lei sorride e dice:

– Niente piú devi mandare, solo questo volevo guardare.

E lui:

– Vuoi essere mia sposa?

E lei:

– Senza spine non c'è rosa.

E lui:

– Una a una le toglierò.

E lei:

– E tua sposa io sarò.

E cosí fu, e si fecero le piú belle nozze del mondo, e

invitarono anche me
anche se non sono un re,
ma siccome ero invitato
ho bevuto e ho mangiato.

Belmiele e Belsole

Un uomo aveva due figli, un maschio e una femmina. Siccome era maggiordomo di un re, doveva stare sempre lontano dai suoi figlioli, cosí belli che venivano chiamati lui Belmiele, e lei Belsole.

Un giorno il re, sentendo parlare di quella bellezza, disse all'uomo: – Fa' venire qui tuo figlio, e lo farò paggio.

Il padre andò e prese il maschio. La ragazza restò affidata a una donna che aveva una figlia della stessa età.

Quando il re vide il giovane gli fece molti complimenti, e lo tenne con sé al palazzo come paggio.

Passò il tempo, e il padre morí. Il re aveva sempre sentito dire che, se il ragazzo aveva una bellezza, la

sorella ne aveva due. Chiamò il paggio e disse: – Ora che tuo padre è morto, andiamo a prendere questa sorella lontana, portiamola qui con noi, e prometto che la sposerò.

Belmiele cosa fece? Mandò a dire alla balia di portare subito Belsole, perché il re la voleva sposare.

Bisogna sapere che la figlia di quella donna era brutta come la fame, e la madre, vedendo Belsole tanto splendente, aveva tanta rabbia da volerla quasi ammazzare.

Si misero in viaggio, e siccome dovevano passare il mare, montarono tutte e tre su una barca, ed ecco che, dopo un po', al dondolare delle onde,

Belsole si addormenta quieta quieta.

– Ma pensa, ma pensa! – dice la vecchia. – Questa se ne va a sposare il re! A lei capiterà la fortuna! Perché non capita a te, figlia mia?

– Madre mia, cosa potremmo fare?

– Lascia fare a me, figlia! Se anche il re la sposa, in un modo o nell'altro gliela farò pagare!

In quel momento Belsole si sveglia, e dice:

– Balia, che gran fame ho!

E la vecchia:

– Io ho pane e sardine, ma bastano solo per me!

– Dammene un pezzettino, balia mia, – dice Belsole. – Dammene solo per non morire di fame!

– Ti do pane e sardine se ti cavi un occhio, – disse la vecchia.

Belsole si mise a piangere: preferiva morire di fame piuttosto che levarsi un occhio. Ma quando fu sul punto di morire si cavò l'occhio, e la vecchia le diede da mangiare una grossa sardina e un pezzettino di pane.

A Belsole venne una sete da morire, e disse:

– Che sete, balia mia!

– Se ti cavi anche l'altro occhio, ti do da bere.

Belsole pianse e disse no, ma quando fu lí lí per morire di sete si levò anche l'altro occhio, e la vecchia le diede da bere dell'acqua di mare, che le mise in corpo una sete ancora piú spaventosa di prima.

– Balia mia, dammi un goccio d'acqua fresca! – implorava Belsole.

– Ora ne avrai due gocce! – disse quella strega, e diede una spinta alla ragazza, che finí in mare.

Proprio in quel momento passava una balena, vide Belsole e la ingoiò in un boccone.

Quando la balia e la figlia arrivarono al paese del re, Belmiele andò loro incontro per abbracciare la sorella. Appena vide quel mostro, gli caddero le braccia e disse: – Ma questa è mia sorella? Dov'è la sua bellezza, gli occhi come stelle, e la bocca dolce come il Paradiso?

– Figlio mio, figlio mio, una brutta malattia l'ha ridotta come la vedi! – rispose la vecchia.

Quando furono davanti al re, e il re vide quel mostro, disse a Belmiele:

– Questa sarebbe la bellezza che dicevi? E va bene: per mantenere la mia parola la sposerò, ma tu getta i vestiti da paggio e vattene alle stalle, a fare il guardiano delle oche!

Il re sposò la figlia della vecchia, ma non le andava mai vicino, nemmeno la guardava, e la teneva come uno straccio di cucina, mentre Belmiele portava le oche a mangiare.

Un giorno era in riva al mare, e mentre le oche beccavano, lui stava seduto a pensare alle sue disgrazie, e alla sorella cambiata in mostro, quando sentí una voce che saliva dall'acqua fonda:

«Balena, balena, mia balena,
allunga un pochino la catena,
fino alla spiaggia fammi arrivare,
perché a Belmiele io voglio parlare!»

Il giovane restò a bocca aperta, ed ecco che dalle onde uscí una ragazza bellissima, con una catena legata alla caviglia. Lui la guarda, la riconosce: è proprio Belsole, con tutti e due i suoi occhi e piú bella di prima.

– Sorella, che fai qui? Dimmi, racconta, per l'amor di Dio!

Belsole disse e raccontò tutte le disgrazie e le brutture che la balia aveva fatto. Belmiele stava ad occhi spalancati, e intanto venne sera. Belsole lo salutò e tornò in fondo al mare.

Allora il giovane radunò le oche e si mise in cammino verso la reggia. Mentre camminavano, le oche cantavano:

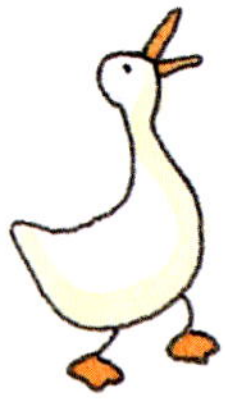

«Queste sono le parole,
questo è il canto fedele:
là alla spiaggia c'è Belsole
che è piú bella di Belmiele!»

Però nessuno le sentí.

Il giorno dopo Belmiele tornò in riva al mare, e sentí di nuovo la canzone:

«Balena, balena, mia balena,
allunga un pochino la catena,
fino alla spiaggia fammi arrivare,
perché a Belmiele io voglio parlare!»

E apparve Belsole fra le onde, sempre con la catena alla caviglia.

I due fratelli si misero a chiacchierare, ricordando quando erano bambini, fino a quando venne sera, e Belsole tornò dalla balena.

Le oche, in cammino verso il castello, cantavano a squarciagola:

«Queste sono le parole,
questo è il canto fedele:
là alla spiaggia c'è Belsole
che è piú bella di Belmiele!»

La gente diceva:

– Ma cosa succede alle oche?

E durante tutta la notte le oche, invece di dormire tranquille, continuarono a cantare:

«Queste sono le parole,
questo è il canto fedele:
là alla spiaggia c'è Belsole
che è piú bella di Belmiele!»

E avanti a cantare, finché le sentí il re da lontano, e non capiva quello che dicevano, e disse a un maggiordomo:

– Va' a sentire cos'è questo baccano!

Il maggiordomo andò, e tornò a dire quello che aveva ascoltato.

– Domani, mettiti dietro a Belmiele, quando va

alla spiaggia, e guarda quello che succede, – gli ordinò il re.

Il maggiordomo, il giorno dopo, seguí Belmiele senza farsi vedere, e quando fu alla spiaggia sentí la canzone:

«Balena, balena, mia balena,
allunga un pochino la catena,
fino alla spiaggia fammi arrivare,
perché a Belmiele io voglio parlare!»

Belsole apparve sulla spiaggia, e i fratelli parlarono fino al tramonto, poi lei tornò nel mare e lui a palazzo, con le oche che cantavano:

«Queste sono le parole,
questo è il canto fedele,
là alla spiaggia c'è Belsole
che è piú bella di Belmiele!»

Il maggiordomo corse dal re e raccontò tutto per filo e per segno. E il re disse:

– Domani ci vado io.

Il giorno dopo Belmiele va alla spiaggia, il re lo segue di nascosto, e si mette ad ascoltare.

Si sente la canzone:

«Balena, balena, mia balena,
allunga un pochino la catena,
fino alla spiaggia fammi arrivare,
perché a Belmiele io voglio parlare!»

Poi venne fuori Belsole.

Il re spalancò occhi e bocca per la meraviglia, e uscí dal nascondiglio.

I due fratelli gli raccontarono tutto quello che era accaduto, e alla fine venne sera.

Belsole doveva tornare dalla balena, ma il re disse:

– Aspetta, Belsole!

Prese una pietra che pesava come lei, liberò la ragazza e mise la pietra al suo posto, e la balena tirò la pietra sotto il mare.

Il re, Belmiele e Belsole tornarono sottobraccio, mentre le oche cantavano:

«Queste sono le parole,
questa è la verità:
prigioniera era Belsole,
però adesso è in libertà!»

Quando furono a palazzo, il re comandò un gran banchetto per il giorno dopo, invitando la gente piú nobile del regno.

Il banchetto si fece, e sul piú bello il re fece tacere le musiche, e disse:

– Ora racconterò qualcosa che qualcuno fece a qualcuno!

E, senza fare nomi, raccontò agli ospiti quello che la balia aveva fatto a Belsole, e alla fine chiese:

– Che pena dareste a chi ha fatto queste brutte infamità?

– Metteremmo la balia e sua figlia in una camicia di pece, e le faremmo bruciare nella piazza! – risposero i commensali.

– Eccole qui le due dame che le hanno fatte! – disse il re, e indicò la balia e la figlia, che furono prese, messe nella pece, e bruciate nella piazza del palazzo.

A quel punto venne fuori Belsole, il re la prese per mano e la presentò alla compagnia, e tutti si meravigliavano che tanta bellezza potesse appoggiare i piedi sulla terra.

Il re la sposò il giorno dopo, e nominò Belmiele principe. E ci furono feste e pranzi, suoni e balli che non finivano mai,

e anch'io fui invitato,
ma poiché tardi arrivai,
piú niente trovai.

La barca

Un re era molto affezionato a sua figlia, e non voleva che si sposasse. Ma siccome i ministri dicevano che era ora, il re fece fare questo annuncio:

«Chi costruirà una barca che va per mare e per terra avrà in sposa la mia figliola».

In quel paese viveva un uomo con tre figli, un cavallo, un asino e un maiale. Appena si seppe dell'editto, il maggiore cominciò a chiedere al padre i ferri per costruire la barca, e tanto insisté che il padre vendette il cavallo, e gli diede quello che occorreva.

Il figlio si alzò presto una mattina, andò al bosco per prendere la legna, e tagliò e tagliò, fino all'ora di colazione. Tolse di tasca una mezza pagnotta e cominciò a mangiare. A un certo punto si fa vedere un vecchietto, e dice:

– Che fai, figliolo?

– Quello che mi pare! – rispose il giovane sgarbato.

E il vecchio:

– Quello che ti pare tu non possa trovare! – e se ne andò.

La sera il giovane tornò a casa a dormire: ma quando al mattino andò al bosco, tutto era sparito: ferri, legna, proprio tutto.

A casa, il padre gridò:

– Tenetemi, che lo scanno! Per lui ho venduto il cavallo, ed ecco quello che ci rimane!

Per un po' di tempo non si parlò piú della faccenda, ma poi il figlio di mezzo cominciò a dire:

– Padre, dammi i soldi per costruire la barca e sposare la figlia del re!

Dillo oggi, dillo domani, alla fine il padre vendette l'asino e diede i ferri al figliolo, che andò al bosco, tagliò, e si fermò a fare colazione.

Venne il vecchio e disse:

– Che fai, figliolo?

– Quello che mi pare! – rispose il giovane.

– Quello che ti pare tu non possa trovare! – disse il vecchio, e se ne andò.

Quando, il giorno dopo, il giovane tornò al bosco, non trovò piú niente: ferri, legna, persino la corteccia era sparita.

– E io ho venduto l'asino per te! – gridava il padre. – Tenetemi, che lo strozzo!

Una settimana dopo, il figlio piú giovane disse:

– Padre, hai fatto trenta, fa' trentuno: dammi i ferri, voglio costruire la barca e sposare la figlia del re.

E il padre vendette il porcello e gli diede i ferri. Il giovane, al mattino, va al bosco, taglia, fa colazione, e il vecchio viene:

– Che fai, figliolo?

– Una barca che vada per terra e per mare, – risponde il giovane.

E il vecchio:

– E bella fatta tu la possa trovare!

Venne sera, e il ragazzo tornò a casa, cenò, e andò a letto. Al mattino si svegliò presto e andò al bosco: e lí c'era la barca tutta fatta: grande, con remi, palo e vela, e posto per dormire, e persino cose da mangiare.

Allegro come un matto tornò dal padre a dare la notizia. Poi salutò la famiglia, montò in barca, e disse:

– Via!

La barca partí sulla terra, liscia come fosse sull'acqua, e padre e fratelli avevano la bocca aperta per lo stupore.

Intanto la barca andava e andava, trovò un fiume, ci entrò, e proseguí.

A un certo punto il giovane vide, sulla riva, un omone chinato, che beveva tutta l'acqua di un torrente.

– Buon uomo, vuoi venire al palazzo del re? – chiese il giovane, e quello montò sulla barca, e ogni tanto si chinava a bere nel fiume, e l'acqua scendeva di una spanna.

Piú in là, videro sulla riva un uomo che arrostiva un bufalo.

– Buon uomo, vuoi venire a palazzo con me? – chiese il giovane.

– Aspetta che mangio un boccone! – disse l'uomo, e ingoiò il bufalo in due morsi, poi salí sulla barca.

Piú avanti, c'era uno con le spalle appoggiate a una montagna.

– Buon uomo, vuoi venire al palazzo del re? – chiese il giovane.

– Non posso: devo reggere la montagna, – quello rispose.

– E lasciala cascare! – disse il giovane.

L'uomo si staccò, e salí sulla barca, e patatranfete, la montagna crollò.

Va e va, la barca arrivò al palazzo del re. Il giovane scese e con i suoi amici si presentò nella sala del trono. Il re disse:

– Che vuoi?

– Sacra corona, ecco la barca che hai chiesto: ora

mantieni la tua promessa, e dammi tua figlia in sposa.

Il re guardò alla finestra, vide la barca che filava sull'acqua, e anche sulla terra, guidata dai tre amici del giovane, e ci rimase male, perché credeva che nessuno avrebbe potuto costruire una barca come quella.

– Ti darò mia figlia, a patto che tu o un tuo compagno mangiate il pasto che vi farò preparare.

– Va bene, – disse il giovane. – Quando?

– Domani, – disse il re.

Il giorno dopo, il giovane disse all'uomo mangione:

– Il re ti invita a pranzo, ci vuoi andare?

Quello non ci pensò un attimo, e andò a palazzo: e fu chiuso in una grande stanza piena di pasta, carne, salumi, pane, formaggi, dolci, frittelle. Mangiò tutto da capo a fondo, poi disse ai servi:

– Non è rimasto altro in cucina?

Quando il re seppe la cosa si infuriò.

Chiamò il giovane e disse:

– Ti darò mia figlia, se tu o uno dei tuoi berrà il vino che io gli metterò davanti.

– Va bene, quando?

– Domani mattina.

Il giorno dopo si presentò il beone, e il re gli fece rotolare davanti otto botti gigantesche di vino: quello si mise per terra, a bocca aperta, e bevve il vino che scendeva dalle botti fino all'ultima goccia, poi chiese:

– Non ce n'è ancora un bicchierino?

Quando il re seppe la cosa, divenne rosso in faccia. Chiamò il giovane, e disse:

– Ti darò mia figlia, se tu o qualcuno dei tuoi si caricherà tutti i mobili del palazzo, e la biancheria, e le posate, e le scodelle e le pentole, e i tesori.

– Va bene: quando?

– Domattina.

Al mattino dopo, ecco che viene il forzuto della montagna, e si carica in spalla mobili, casse, cassoni, armadi, madie, cassetti.

Mentre quello si caricava, la principessa, che si era incuriosita, passò vicino alla barca.

– Che bella barca, – disse.

– Vuoi vederla da vicino? – disse il giovane.

Lei alzò la sottana e salí, e si mise a girare da poppa a prua e da prua a poppa, guardando e toccando.

Intanto l'uomo della montagna aveva sulle spalle tutto quello che gli avevano messo, e diceva:

– Potete aggiungere ancora qualcosa? Non vorrei che venisse il vento e mi portasse via!

Allora il re si infuriò e gridò:

– Guardie, uccidete quei quattro, affondate quella barca!

Allora il giovane gridò all'uomo della montagna:

– Salta su, grillo!

Quello saltò sulla barca, con tutto quello che aveva sulla schiena. La barca filò via sull'acqua, e i soldati non riuscirono nemmeno a montare a cavallo prima che fosse sparita all'orizzonte.

E va e va, la barca arrivò al paese dove abitavano il padre e i fratelli del giovane, ci fu gran festa, e costruirono un grande palazzo, e tutti e otto rimasero insieme, e furono felici,

ma io che ho raccontato la storia non c'ero,
perché per andare là non c'è sentiero.

Indice

Fiabe d'Italia

Einaudi Ragazzi

Lo scaffale d'oro

Gianni Rodari, *La torta in cielo*
Mario Lodi e i suoi ragazzi, *Cipí*
Gianni Rodari, *Favole al telefono*
Gianni Rodari, *Il libro degli errori*
Roberto Piumini, *Lo stralisco*
Gianni Rodari, *C'era due volte il barone Lamberto*
Lella Gandini, *Filastrocche*
Mario Lodi, *Bandiera*
Gianni Rodari, *Prime fiabe e filastrocche*
Bianca Pitzorno, *Extraterrestre alla pari*
Gianni Rodari, *Storie di Marco e Mirko*
Bianca Pitzorno, *L'incredibile storia di Lavinia*
Bruno Munari - Enrica Agostinelli, *Cappuccetto Rosso Verde Giallo Blu e Bianco*
Nicoletta Costa, *C'era una volta la nuvola Olga*
Jean Jacques Sempé - René Goscinny, *Le vacanze di Nicola*
Bianca Pitzorno, *Streghetta mia*
Gianni Rodari, *Filastrocche in cielo e in terra*
Daniel Pennac, *Kamo - L'agenzia Babele*
Gianni Rodari, *Il pianeta degli alberi di Natale*
Pinin Carpi, *Il mare in fondo al bosco*
Gianni Rodari, *Novelle fatte a macchina*
Nico Orengo, *A - ulí - ulé*
Gianni Rodari, *Il gatto in gondola*
Francesco Altan, *In barca con Nino*
Daniel Pennac, *L'evasione di Kamo*
Lella Gandini, *Ninnenanne e tiritere*
Henriette Bichonnier - Pef, *Storie da ridere*
Agostino Traini, *Mucca Moka, sei grande!*
Gianni Rodari, *Bolle di sapone*
Jean Jacques Sempé - René Goscinny, *I divertimenti di Nicola*
Sabina Colloredo, *Il bosco racconta*
Anthony Browne, *Orsetto e matita*

Roberto Piumini, *Mattia e il nonno*
Angela Nanetti, *Angeli*
Stefano Bordiglioni, *In crociera con Noè. Filastrocche per ridere*
Isaac Bashevis Singer, *Una notte di Hanukkah*
Angela Nanetti, *Mio nonno era un ciliegio*
Daniel Pennac, *Io e Kamo*
Gianni Rodari, *Fra i banchi*
Axel Scheffler, *L'erba del vicino... - Proverbi da tutto il mondo*
Roberto Piumini, *Giulietta e Romeo*
Rime per tutto il giorno
Marion Söffker, *Aggiungi latte e mescola*
Jean Jacques Sempé - René Goscinny, *Le trovate di Nicola*
Sigrid Heuck, *Storie sotto il melo*
Mino Milani, *La storia di Dedalo e Icaro*
Gianni Rodari, *Fiabe e Fantafiabe*
Roberto Piumini, *C'era una volta, ascolta*
Daniel Pennac, *Kamo - L'idea del secolo*
Hans Magnus Enzensberger, *Il mago dei numeri*
Storie di streghe, lupi e dragolupi
Sophie Arnould, *101 Filastrocche e raccontini di campagna per scoprire la natura*
Jean Jacques Sempé - René Goscinny, *Gli amici di Nicola*
Sergueï Kozlov, *Il Riccio e i suoi amici - Racconti per i dodici mesi dell'anno*
Roberto Piumini - Emanuela Bussolati, *Fiabe per occhi e bocca*
La cicala e la formica e altre favole di animali, riscritte da Graham Percy
Boschi e foreste incantate, a cura di Mary Hoffman
Erwin Moser, *La barca dei sogni - Storie della buonanotte*
Penne, matite e astucci - Storie di scuola
Favole di Esopo
Roberto Piumini - Francesco Altan, *Mi leggi un'altra storia?*
Raccontini strampalati e divertenti
Sergueï Kozlov, *L'orsetto e il riccio - Storie dal profondo della foresta*
Graham Percy, *Re, papere e rape*
Mino Milani, *La storia di Tristano e Isotta*
Era una notte buia e tempestosa, a cura di Arnhild Kantelhardt
Le vacanze di Matilde
Giardini e castelli fatati, a cura di Mary Hoffman
Martina Gürth, *Che succede nel bosco di notte?*
Mino Milani, *La storia di Ulisse e Argo*